W0279072

A Linoa & Bénédicte
Pour leur amour, leur présence dans ma vie.

GEOFFREY VERSTAVEL
Préface de Marion Game

PARCE-QUE LA VIE EST BELLE

Une partie des fonds sera reversée
à la lutte contre la Mucoviscidose…

Rejoignez mon combat…

Site Officiel
www.geoffrey-verstavel.com

ISBN 978-2-9549725-0-3

PREFACE

Ce matin, un SMS de Geoffrey, il m'annonce une « bonne nouvelle ».

Dans cette lutte acharnée qu'il mène courageusement depuis l'enfance contre la maladie terrible dévastatrice dont il est victime, la « Mucoviscidose », que peut bien signifier « une bonne nouvelle » !

Depuis notre première rencontre en 2012, je n'ai jamais cessé d'être en contact avec lui par téléphone.

Je tentais de déceler dans les silences, dans le ton de sa voix, le détail qui me ferait craindre une aggravation de son état, car le courage dont il fait preuve, sa détermination, son optimisme tenace, loin de me rassurer, m'inquiéterait plutôt !

Je sais que, confrontée à sa guerre, j'aurais baissé les bras depuis longtemps, je me serais laissée couler sans résistance.

Mais Geoffrey est un guerrier, un « warrior » qui ne s'en laisse pas compter... impressionne toute leçon de vie...

La « bonne nouvelle » du SMS serait-ce la greffe ?

Je savais qu'arrivé à une phase critique de son état (difficultés respiratoires de plus en plus soutenues, médicaments de plus en plus lourds), le salut viendrait d'une greffe de poumons à l'hôpital FOCH de Suresnes.

Il l'attendait, l'espérait de toutes ses forces.

C'était l'espoir de sortir enfin de son enfermement, de tourner le dos à cette prison qui le grignotait à petit feu, l'empêchait de vivre, tout simplement.

J'appelle anxieuse, il m'annonce, du bonheur dans la voix, qu'il est l'heureux élu sur la liste d'attente de FOCH.

Tout va bien se passer... Ouf ! Il va enfin renaitre à la vie...

La première fois que j'ai rencontré Geoffrey, je l'ai pris pour un gamin charmant, insouciant plein de vie, d'enthousiasme qui venait chercher un autographe.

J'étais dans le Nord, invitée à un « évènementiel » (dans un de ces endroits rassemblés de foule, foires, expos, etc… où un public populaire avide de rencontrer des « people », attendent sagement leur tour afin d'obtenir une dédicace, une photo au téléphone portable, les plus audacieux, la « bise »…)

En fait, malgré son apparence juvénile, son assurance décontractée, Geoffrey venait me voir en « pro » m'interviewer pour le journal régional « La Voix du Nord » où il était pigiste.

J'ai tout de suite été impressionnée par son assurance, il était à l'aise, charmant, posant les bonnes questions…sachant s'imposer subtilement. Bref, une rencontre sympathique.

J'étais loin de me douter de ce qu'il allait m'annoncer par la suite, sa lourde maladie chevillée au corps depuis sa prime enfance, la vie gâchée par les souffrances physiques et morales, les contraintes, les prises inlassables d'un nombre impressionnant de médicaments, les soins permanents et douloureux.

Où trouver la force morale incroyable pour supporter un destin si lourd ?

Le départ brutal de sa petite amie aurait pu l'achever, l'empêcher de trouver la force d'avancer...

Quel soulagement, quand lors d'un voyage à Paris pour un rendez-vous à « FOCH », il m'a présenté BENEDICTE, si douce, si ravissante, avec un regard tendre, bienveillant sur son « héros »... là, encore, Geoffrey m'épate.
Je suis secrètement rassurée.

Je n'oublie pas cette joyeuse journée passée ensemble sur le plateau de « SCENES DE MENAGE » au studio de la Plaine St Denis.

Geoffrey a conquis toute l'équipe avec sa bonne humeur communicative.

Avec Gérard Hernandez, nous avons vécu un joli moment d'émotion, et Geoffrey est reparti chez lui, dans le Nord, avec une interview vidéo de « Raymond & Huguette ».

Aujourd'hui, notre ami a enfin bénéficié d'une greffe, c'est la délivrance.

La vie reprend ses droits, il va de mieux en mieux chaque jour, c'est l'apaisement.

Pour ma part, j'ai enfin balayé l'inquiétude, pour trouver la confiance, la sérénité... et je lui vole inconsciemment une part de son optimisme, de sa joie de vivre si communicative.

Et puis, merci Geoffrey pour ton magnifique cadeau. Tu as su, avec talent et émotion te raconter dans un livre bouleversant, que toutes les personnes qui souffrent, qui espèrent, doivent lire absolument, pour y puiser la force, la détermination de courir après la vie, quand elle s'échappe.

Pour les lecteurs, qui chercheraient juste un bouquin avec des rebondissements, le livre de Geoffrey est un sacré « polar » !

Marion Game

PARCE-QUE LA VIE EST BELLE !

Longtemps je me suis posé la question suivante :

« Pourquoi et surtout pour qui écrire ce livre? ».

Il aura fallu quelques épreuves et moments difficiles dans mon parcours d'adolescent pour qu'enfin je me décide à écrire cette autobiographie.

Autobiographie ?
Oui, j'ai bien dit une autobiographie. Certains penseront sans doute que je suis bien trop jeune pour entreprendre l'écriture de ce type d'ouvrage.

Dans le fond peut-être ont-ils raison :
Que pourrais-je bien raconter à travers ce livre alors que je suis âgé de seulement vingt-cinq ans ?
Cela pourrait surprendre plus d'une personne, mais on peut être âgé d'une vingtaine d'années et avoir vécu un tas de choses dans sa vie.
Ma vie est un combat de chaque instant, où seul le mot espoir est maître.

Il m'aura naturellement fallu faire un choix stratégique pour savoir quels événements précis de ma vie je devais raconter.

A travers ces quelques pages vous découvrirez mon parcours d'adolescent, mes années lycée, mes rencontres médiatiques, mon quotidien face à la maladie dont je suis atteint, ou encore l'organisation des traditionnelles Virades de l'Espoir organisées par l'association Vaincre la Mucoviscidose.

Auto (propre) bio (vie) graphie (écriture), ce récit est donc une écriture de ma vie, de mon parcours, de mes amis, de mes difficultés rencontrées dans mon combat…

Atteint de Mucoviscidose respiratoire depuis la naissance, ma vie a littéralement basculé à sa découverte le 27 Juillet 1993, à seulement quatre ans. C'est à ce moment précis que le combat commence pour mes parents, âgés d'une trentaine d'années à l'époque, et ma sœur de huit ans, Angélique. Il aura fallu de longs mois à toute ma famille pour apprendre à vivre avec.

Une organisation quasi militaire se dessine alors, partagée entre les visites régulières à l'hôpital, la venue journalière d'un kinésithérapeute, et les nombreux traitements.

Vingt ans plus tard, je me décide à entreprendre l'écriture de cet ouvrage. Mais une question essentielle me taraude depuis le début :

Pourquoi ai-je réellement ce besoin d'écrire ?

Je répondrai avant tout pour me libérer de certaines pressions et souffrances que m'impose la maladie au quotidien. Car tout le monde le sait, la vie est loin d'être un long fleuve tranquille. Chacun à son vécu, son histoire, ses difficultés. Mais être porteur d'une Mucoviscidose respiratoire vous impose un rythme de vie assez particulier, et pas toujours évident à gérer. Difficile parfois de ne pas baisser les bras.

Mais qu'on se le dise, il n'est en aucun cas question de gagner la pitié de quiconque, ni même de connaître la gloire en écrivant ces lignes.
Non, je vous rassure : ce livre est le seul et unique moyen de vous montrer comment la maladie a fait de moi cet être heureux, combatif et souriant.

Il est aussi une vraie thérapie personnelle. Ecrire me libère…

Il n'y a rien de plus injuste dans la vie que de tomber malade et de devoir affronter la maladie du jour au lendemain.

Pourquoi moi ? Qu'ai-je fait pour mériter cela ? Quel avenir ?

Voilà bien des questions que je me suis posées durant mon adolescence. Rien n'est plus important que de connaître la vérité, même si elle est parfois difficile à admettre. Elle permet forcement d'avancer et de lutter plus fort encore.

Quelques années, quelques épreuves plus tard, je réalise combien la vie est fragile et ne tient pas à grand-chose. C'est donc décidé : je dois me battre quoi qu'il arrive, pour moi mais aussi et surtout pour tous ceux qui ont fait de ma vie ce combat acharné.

J'entends souvent autour de moi :

« Comment fais-tu pour avoir cette énergie ? », « Comment fais-tu pour ne jamais baisser les bras » ?

A ces deux questions, et à mon plus grand regret, je n'ai qu'une seule réponse : la maladie.

Etre malade serait, pour un grand nombre de personnes, une chose terrible et insurmontable. Pour moi la maladie est un moteur, une énergie, mon énergie, ma vie.

Sans elle, impossible d'être celui que je suis aujourd'hui. Elle m'a permis de voir à quel point il était important de profiter de chaque instant, d'admirer les choses simples et surtout de relativiser certaines situations. Je suis une personne joviale croquant la vie à pleines dents.

N'ai-je pas raison de prendre la vie de ce côté ? Pourquoi perdre du temps avec des soucis qui n'en valent pas la peine ?

La Mucoviscidose est une maladie génétique imprévisible et violente. Si je ne profite pas de la vie aujourd'hui, quand le ferai-je? Et surtout à quel prix ?

Cet ouvrage s'adresse donc tout d'abord à toutes les personnes malades qui, comme moi, se battent jour après jour avec courage contre la maladie.

Je suis convaincu qu'un grand nombre de patients Mucoviscidosiques se retrouveront dans ces quelques lignes. Nous avons pour la plupart cette énergie et cette volonté de nous battre qui nous caractérisent si bien.

Jamais il ne faut baisser les bras m'a-t-on dit un jour ! Non, jamais, car l'Espoir est un moteur énorme qui permet d'avancer jour après jour, de projet en projet, l'Espoir est tout simplement un grand pas vers la guérison.

Il y a parfois des hauts, parfois des bas et des moments difficiles.
Mais dans toutes les situations il faut être fort. J'aime à croire que chaque problème a sa solution.

J'écoute régulièrement une célèbre chanson du groupe ABBA, intitulée « The Winner Takes it all ». Elle raconte l'histoire d'une femme trompée par son compagnon, des difficultés du couple, et de la destinée.

J'aime écouter cette musique puisque le refrain, à lui seul, est à l'opposé de ma pensée.

« The winner takes it all, the loser standing small,
beside the victory, that's her destiny… ».

Comprenez

« le plus fort l'emporte, le plus faible subit,
outre la victoire, c'est le destin ».

Je suis de ceux qui pensent qu'il est important, en tant qu'individu, d'être libre de ses faits et gestes. Je ne crois pas qu'il faille subir telle ou telle situation sous prétexte que la maladie est une évidence, une prédestination…

Il est inconcevable pour moi d'être soumis à la fatalité. Je supporte difficilement les discours pessimistes. Pour moi rien n'est plus important que d'y croire toujours et encore, et de me battre. Il est vrai que cela n'est pas toujours évident mais il le faut bien. D'où l'importance d'être solidaire les uns envers les autres.

Je suis consterné à l'idée de voir les gens de plus en plus individualistes aujourd'hui : il est tellement rare d'entendre de nos jours, un « Merci », un « Pardon », ou un simple « Je t'aime ».

Le monde d'aujourd'hui n'est plus ce qu'il a été. Auparavant, on s'excusait encore lorsque l'on bousculait quelqu'un dans la rue, on envoyait encore des lettres manuscrites, on recherchait encore les numéros dans l'annuaire papier des parents.

Aujourd'hui, tout va vite, trop vite, la rapidité fait partie de notre quotidien, que l'on oublie souvent les petites valeurs de la vie.

Je suis de ceux qui laissent la place aux personnes âgées à la caisse d'un magasin, de ceux qui souhaitent bon courage à la caissière pour la fin de sa journée… De ceux qui préfèrent encore la vie réelle aux contacts virtuels des nombreux réseaux sociaux. Je suis de cette humeur positive et pleine d'énergie au quotidien.

Je compare souvent la vie à une route, une longue route dont on ne connaît pas la distance.

Un jour, alors que l'itinéraire était plutôt tranquille, un immense rocher me tombe du ciel. Ce rocher s'appelle Mucoviscidose.

Devant moi, deux solutions se présentent alors.

La première : stopper net devant ce rocher, m'arrêter là en subissant cette épreuve de la vie.

L'autre solution est de monter sur le rocher et y voir un tout autre paysage, considérer la vie bien différemment et de me battre. De profiter de chaque instant…

Il ne m'aura pas fallu longtemps pour comprendre que je n'avais pas réellement le choix, entouré de parents géniaux, d'une sœur et d'un beau-frère dont j'admire l'implication chaque jour.

A chaque difficulté rencontrée, leur soutien m'a été et m'est encore aujourd'hui plus que précieux.

Les épreuves ont fait de moi ce jeune homme heureux, plein d'énergie et de projets. La Mucoviscidose fait partie de ma vie et m'accompagne dans toutes les situations.

Je ne peux changer les choses mais je peux vous assurer que la maladie n'est en aucun cas le centre de mon existence.

Chaque jour est un combat, un espoir, mais avant tout une victoire. En réalité, je vis chaque jour comme pouvant être le dernier…

Je n'ai jamais renoncé à un quelconque projet sous prétexte d'être malade, bien au contraire, ce livre en est la preuve. Il est le fruit d'un travail de longue haleine entrepris il y a six ans environ. Jamais je n'ai souhaité être traité différemment, et jamais je ne le voudrai.

Je ne m'éterniserai pas davantage mais vous l'aurez compris, cet ouvrage est un message d'espoir et de combativité réelle.

Je rappelle à toutes les personnes ayant acheté ce livre qu'une partie des bénéfices sera reversée à l'association Vaincre la Mucoviscidose dont je fais partie aux côtés des membres de ma famille depuis pas mal d'années déjà.

Le dieu grec Théocrite à un jour déclaré :

« Tant qu'il y a de la vie, il y a de l'espoir »

Une phrase qui, à mes yeux, est plus que symbolique. Jamais je n'ai baissé les bras face aux nombreuses difficultés, qui ne manquent pas dans la maladie.

Je ne l'ai jamais fait et ne le ferai jamais, trop conscient sans doute que chaque instant est un cadeau de la vie.

Alors quoi qu'il en soit, ne baissez jamais les bras, dites-vous que la vie est courte et que nous ne sommes pas éternels. Nous ne sommes finalement que de passage sur terre.

Il est important de vivre la vie pour soi et non pour les autres. S'il vous plaît, essayez de relativiser vos problèmes, regardez autour de vous. Rien n'est plus beau que la vie, que la joie de vivre et de partager les petits plaisirs du quotidien…

Chacun devrait se poser les bonnes questions, car n'oubliez jamais que chaque problème a forcément sa solution…

Je terminerai symboliquement cet avant-propos comme je le fais souvent en conférence, par l'une de mes expressions favorites :

« La vita è bella » (*De l'Italien, La vie de Belle, référence au célèbre film de Roberto Bégnini).*

27 JUILLET 1993 !

Rien n'est plus beau que de transmettre la vie, et personne ne pourra dire le contraire. Donner la vie est souvent un projet majeur dans un couple, signe d'évolution et de stabilité. Nous sommes au début des années quatre-vingt, mes parents ont une vingtaine d'années à l'époque.

Comme tout jeune couple, la vie est plutôt belle avec de l'amour et de nombreux projets à l'horizon.

Mes parents se sont rencontrés lors d'une soirée organisée dans un bal de la région, qu'on pourrait appeler une boîte de nuit aujourd'hui. Le café en question s'appelait « chez anthymes ». Un simple regard leur a suffi pour tomber amoureux l'un de l'autre.

Ma mère, charcutière, travaillait dans un grand centre commercial durant cette période.
Mon père, pompier volontaire, intégrera quelques années plus tard une filiale de Renault. Une famille de classe moyenne donc.

Leur amour est si fort qu'ils décideront de se marier en Juillet 1983, et envisageront même la parentalité quelques mois plus tard.

C'est tout naturellement qu'Angélique, ma sœur de quatre ans mon aînée, naîtra le 15 Janvier 1985. Angélique est en bonne santé et sa venue est un grand bonheur pour mes parents. En témoignent les nombreuses photos prises à l'époque.

Avec ses premiers sourires, ses premières bêtises, Angélique est une petite fille adorable. Une petite vie familiale faite d'amour et de projets s'organise. Angélique grandira, comme de nombreux enfants de son âge, dans l'insouciance de la jeunesse. Mais cette insouciance ne sera que de courte durée, assaillie par la découverte de la maladie que l'on me diagnostiquera quelques années plus tard. Je vois officiellement le jour le 21 Janvier 1989. Quatre ans nous séparent donc. Je suis un bébé normal, je pèse 3.4 kilos pour 50 centimètres.

Angélique n'est désormais plus seule, elle est officiellement une grande sœur du haut de ses quatre ans.

De cette enfance, je n'ai que quelques images lointaines, l'image d'une sœur souriante, en bonne santé, bonne vivante, et trompettiste talentueuse déjà.

Les mois et les années passent, je grandis aux côtés d'une sœur protectrice et attentionnée, qui fera de notre fratrie une force majeure dans mon combat contre la maladie. Notre vie à quatre est plus qu'agréable. Nous étions à l'époque loin de nous imaginer qu'elle allait prendre un tout autre aspect quelques années plus tard.

C'est en effet à mes quatre ans que les choses se compliquent concrètement pour la famille. Les infections respiratoires se multipliant, je deviens de plus en plus fragile.

Les traitements prescrits à répétition seront inefficaces et mon état nutritionnel est jugé préoccupant. Je ne pèse alors qu'une dizaine de kilos, invraisemblable pour un enfant de cet âge. Je tousse même toutes les nuits durant près d'une année. Un rythme ingérable pour mes parents. Je me souviens des nuits passées dans le lit conjugal, et des quintes de toux interminables déjà.

J'écris ces quelques phrases en plongeant dans mes souvenirs lointains. Une scène m'interpelle et m'émeut particulièrement :

C'était un mercredi après-midi, bien différent des autres. Je me souviens qu'Angélique et moi-même jouions dans la chambre, et nous étions même très turbulents ce jour-là je dois dire. Comme de nombreux enfants, nous nous chicanions à tour de rôle. Mais notre chamaillerie ne sera pas longue cette fois.

C'est en réalité un simple coup de téléphone qui mettra fin à notre agitation. La scène est courte, mais violente pour des enfants de notre âge. Je ne peux vraiment pas l'oublier. Vingt et un ans plus tard, je ne cesse d'y penser. Ma mère se dirige vers le combiné, et décroche, avant de s'effondrer violemment en larmes. Nous ne l'avions jamais vue dans un tel état. Je comprends alors que quelque chose d'anormal est en train de se dérouler. Quelque chose de grave.

Angélique et moi décidons alors de nous approcher d'elle, de la câliner du mieux que nous pouvons.

Les médecins ont tranché : l'hospitalisation est inévitable, je suis obligé d'être transporté en urgence au centre hospitalier de Lille, à une heure de route du domicile familial. C'est alors que notre vie bascule. Ma maman décide aussitôt de prévenir mon père sur son lieu de travail. Le coup de fil est court et violent. Nous voilà officiellement plongés dans un combat difficile contre la maladie.

Cette maladie, dont chacun ignore encore la gravité. Je laisse alors ma sœur à la maison, sans même savoir ce qui se passe réellement, pour rejoindre un univers inconnu jusqu'alors : l'hôpital. C'est notre première séparation.

Les examens pratiqués pendant ce long séjour ont pour principal objectif de valider le diagnostic établi par les médecins. Je subirai donc pendant cette toute première hospitalisation toute une batterie d'examens obligatoires plus ou moins agréables.

Je me souviendrai par exemple de l'un d'entre eux, la fibroscopie, réalisée dans des conditions que je ne suis pas prêt d'oublier non plus et qui fut pour moi un moment très désagréable et douloureux.

Dans la salle d'examen, une dizaine de médecins sont présents autour de moi. Allongé sur une table froide, je suis à la fois apeuré et intimidé par ces blouses blanches. L'examen commence alors. Je me mets aussitôt à pleurer, de tristesse et d'inquiétude.

Du haut de mes quatre ans je me débats, je tape l'infirmière et refuse d'ouvrir ma bouche, avec la peur de ce long tuyau noir, en réalité tétanisé à l'idée de devoir l'avaler. Il n'y a finalement pas d'autre choix que de m'enrouler dans un drap et m'attacher pour subir cette terrible fibroscopie.

Un moment difficile qui, à mes yeux, est sans doute l'un des pires examens que m'ait imposé la maladie jusqu'à aujourd'hui.

D'autres images fortes me reviennent souvent. Je me souviens en effet de ces coups de téléphones passés le soir à mes parents depuis les bras d'une infirmière avec, au bout du fil, la voix douce et rassurante d'une maman inquiète:

« Encore un dodo et papa-maman viendront te voir, c'est promis ! Mais tu dois être sage avec les médecins et les infirmières d'accord ? ».

Cela n'a pas été évident mais il le fallait bien : nous n'avions d'autre choix que d'être séparés. Eux à la maison avec Angélique, et moi seul dans cette chambre d'hôpital.

L'éducation de ma sœur ne devait cependant pas être négligée. Mais difficile, très difficile, parfois pour mes parents de ne pas baisser les bras face à cette situation. Angélique subira elle aussi de son côté quelques examens, parmi lesquels le test à la sueur.

Ce dernier permet en réalité de mesurer dans la sueur la concentration en ions chlorure. Il est prescrit dans la recherche de l'étiologie d'une maladie telle que l'asthme, ou la Mucoviscidose en l'occurrence.

Ce même examen réalisé chez moi ne fera que confirmer ma pathologie.

Et c'est officiellement le 27 Juillet 1993 que l'on me diagnostiquera la mucoviscidose, ou plutôt devrais-je dire « ma » mucoviscidose. C'est à cette date que la vie bascule violemment pour toute la famille. Les médecins ont enfin mis un nom sur mes douloureux symptômes.

Ce mot barbare, difficile à prononcer, qui me suivra toute ma vie, est vécu à l'époque comme une incompréhension, une injustice et une fatalité. Beaucoup de questions se posent alors pour mes parents et pour ma sœur de huit ans.

Serai-je normal, serai-je handicapé ?
Quelle espérance de vie ?
Quels traitements ? Quel avenir ?
Voilà bien des interrogations.

L'une des toutes premières recommandations nous vient d'Antoine, le pneumologue qui me suivra dix-sept ans durant dans le service de pédiatrie de l'Hôpital Jeanne de Flandre de Lille. Une phrase qui, à elle seule, en dit beaucoup sur la violence de la maladie :

« *Profitez de chaque instant passé aux côtés de votre fils. La Mucoviscidose est une maladie violente, sournoise et incurable, alors prenez tout ce qui peut être pris et profitez de la vie. Vivez le maximum... Vous comprendrez pourquoi... N'abandonnez jamais, c'est important pour vous mais aussi pour lui, croyez-moi !* »

C'est à partir de ce moment que tout changea réellement pour notre famille.
L'objectif maintenant est d'être soudé et de nous battre ensemble contre la maladie. De profiter de la vie et de ne jamais baisser les bras, qu'importent les difficultés.

Ma mère arrêtera même de travailler quelques mois plus tard, partagée dans sa décision, face à des supérieurs plus ou moins compréhensifs :

« Il faut savoir ce que vous souhaitez réellement : travailler ou vous occuper de votre enfant malade, c'est à vous de choisir! ».

Mes parents feront tout pour que je sois le plus heureux aux côtés de ma sœur, qui, à l'époque, souffre de ce lien si fort entre mes parents et moi. Difficile, à huit ans, de comprendre pourquoi et surtout de quoi est atteint son petit frère.

Difficile pour elle de jongler entre les absences répétées des parents, partagés entre le domicile et l'hôpital. Angélique se sent un peu délaissée et incomprise durant cette période.

Je dois avouer, et j'insiste sur ce point, qu'Angélique est l'une des personnes qui m'apportera le plus grand soutien dans mon combat.

Encore aujourd'hui, elle est sans aucun doute la personne la mieux placée pour me conseiller, m'orienter et m'aider à vaincre cette pathologie. Elle qui, du haut de ses huit ans ne savait que faire à l'époque, a appris à vivre avec...

Angélique est aujourd'hui ma grande-sœur pour qui j'ai beaucoup d'estime, ma confidente, celle dont je suis réellement fier, je ne peux avouer le contraire.

Cette nouvelle vie de combat n'est pas évidente à gérer à l'époque, puisque nous devons nous familiariser avec tout un protocole plus ou moins difficile et qui nous est étranger :

Séances obligatoires de kinésithérapie journalière, hospitalisations régulières, invasion de cachets au quotidien, sans oublier les inévitables cures intraveineuses réalisées tous les trimestres.

Le regard des gens, la tendresse et la compréhension de mes proches, feront de moi cet enfant combatif et souriant qui, devant les nombreuses épreuves, ne se plaindra que rarement.

Je dois faire face aux regards des camarades, partagés entre curiosité et réelle empathie. Mon intégration à l'école primaire se fera sans grande difficulté... enfin presque !

La maladie m'imposera tout de même quelques adaptations et quelques contraintes. Il m'est par exemple formellement déconseillé de partir en classe de neige avec les autres, étant donné l'altitude trop élevée. Impossible encore de participer aux sorties piscine hebdomadaires.

Je me souviens aussi du brouillard, qui m'empêchera d'aller en récréation avec les camarades, m'obligeant à rester seul dans la classe.

C'est peut-être cette facette de la maladie qui sera le plus difficile à gérer en tant qu'élève.

Au-delà des traitements, il faut apprendre à adapter certaines habitudes, certains reflexes, certaines sorties. La maladie ne se voit pas en apparence, mais je suis tout de même bien différent de mes camarades.

Les années passent et les difficultés s'enchaînent. C'est ensemble que nous vaincrons un jour la mucoviscidose, c'est ensemble que nous traverserons les épreuves.
C'est d'ailleurs dans les années 2000 que la famille décide de rejoindre l'association Vaincre la Mucoviscidose, connue à l'époque sous le nom d'AFLM (Association Française de Lutte contre la Mucoviscidose).

Beaucoup de rencontres sont programmées, des échanges avec les professionnels de santé bien sûr : infirmières, kinésithérapeutes, médecins... Mais aussi et surtout avec des patients touchés par la maladie.

L'occasion de nous rassurer quant à nos diverses craintes. Rencontrer de jeunes adultes concernés par le même combat permettra à la famille entière de se projeter dans un espoir et un possible futur, jusqu'alors difficilement envisageable.

C'est d'ailleurs grâce à ces rencontres que mes parents décideront d'organiser les Virades de l'Espoir quelques années plus tard, événement phare de l'association. Un élan de solidarité se crée alors autour de nous. Famille et amis sont mobilisés à nos côtés, prêts à vaincre la maladie. Un soutien de taille. Rappelons qu'à l'époque cette dernière n'était pas autant médiatisée qu'aujourd'hui. Les Virades de l'Espoir sont donc pour nous le début d'une merveilleuse aventure...

Cette association nous permettra même de rencontrer quelques personnalités impliquées dans notre combat. Parmi elles, François Cluzet ou encore Isabelle Carré. Mais celui pour qui j'ai le plus d'admiration s'appelle Gérard Lenorman.
Je me rappellerai toujours de ce concert réalisé au Casino d'Arras, en 2002 je crois, et du moment magique et inoubliable passé à ses côtés juste après la représentation. Gérard Lenorman est un chanteur simple et généreux, à l'image de ses chansons et de son public…

Puis il y a les premiers passages télévisuels pour témoigner de mon vécu. Le premier date de Septembre 1999, je n'ai alors qu'une dizaine d'années.

Mon poids plume, ma voix cassée et mon sourire feront craquer plus d'une personne loin, très loin de s'imaginer ce que la maladie nous impose réellement au quotidien.

Cette exposition médiatique est vécue comme un devoir, une obligation de mobilisation générale, et devient très vite une habitude pour moi. Je suis le mieux placé pour sensibiliser le maximum de personnes à notre lutte. Qui d'autre pourrait bien le faire ?

C'est d'ailleurs cette mise en avant médiatique qui me donnera goût aux médias, qui deviendront très vite ma passion puis mon métier durant quelques temps. J'occuperai ainsi un poste de correspondant de presse écrite pendant trois années consécutives.

Cette vie de combat, cette vie d'acharnement, je la dois essentiellement à mes parents et à ma sœur qui, malgré la maladie, m'ont toujours considéré comme un fils et un frère presque normal.

Je peux vous assurer que rien n'est plus important que d'être soutenu dans un combat aussi difficile. Car disons-le, la Mucoviscidose est une maladie invalidante et contraignante.

Au-delà de nos sourires, il y a toujours ces interrogations... Mais c'est bel et bien cette enfance chaleureuse, joviale et encadrée par deux parents géniaux et une sœur protectrice qui me donnera réellement goût à la vie, goût à l'amour.

Au-delà de mes craintes, au-delà de mes difficultés, je n'ai d'autre choix que d'avancer, pour moi mais aussi et surtout pour eux.

L'amour de mes parents et de ma sœur est donc le pilier de cette vie de combat. C'est cet amour qui me donnera la force d'avancer, de projet en projet, d'obstacle en obstacle, la tête haute, les poings serrés…

Cette rage qui me caractérise tant aujourd'hui n'est en réalité que le résultat d'un profond amour familial.

Le malade que je suis est avant tout un être humain, avec ses défauts et ses qualités.

Un être qui n'aspire finalement qu'à vivre, vivre sa vie au-delà du regard des gens.

Vivre en faisant peut-être semblant d'être éloigné de cette grave maladie, qui en réalité ne fait que m'affaiblir un peu plus chaque jour. C'est cette maladie qui fait ce que je suis aujourd'hui. Vingt ans plus tard, plume à la main, je rédige ces quelques pages.

JOYEUX NOEL !

Depuis quelques temps, je suis très fatigué. L'hiver arrive et, comme chaque année, cette période est plus ou moins difficile en tant que Mucoviscidosique. Cela fait quatre mois que je suis entré dans la cour des grands. Maintenant je suis lycéen. Lycéen comme tout le monde ou presque, malgré la maladie.

Cette nouvelle vie me plaît beaucoup. L'adaptation à un tel changement n'est pas facile. Les débuts sont même plutôt difficiles.

Le rythme de vie est bien différent de celui du collège. Le trajet pour me rendre au lycée me fatigue énormément :

Il me faut prendre deux correspondances de bus et un train. Je me lève donc tous les jours à cinq heures dix, et ne rentre chez moi qu'aux alentours de vingt heures. Noël approche et je suis vraiment heureux de voir venir les vacances scolaires. Pour l'occasion, mes parents souhaiteraient passer quelques jours sur la côte d'Opale.

L'occasion de me reposer un peu. Les jours défilent et mon état ne s'améliore pas. Je dirais même qu'il s'aggrave.

Je suis quelqu'un qui montre peu ses problèmes, alors je décide de retourner au lycée juste après les vacances de la Toussaint, comme l'aurait fait n'importe quel autre élève.

Je n'écoute plus grand-chose en cours. Je ne peux plus car je n'en n'ai tout simplement plus la force. Les journées me semblent interminables et je suis comme déconnecté de la réalité.

De plus, quelque chose me perturbe : je bois énormément d'eau dans la journée. La fatigue sans doute, mais est- ce une raison suffisante ? Les jours passent, je bois toujours autant et je n'arrive plus très bien à parler. Les mots se mélangent dans ma bouche, qui est de plus en plus pâteuse. Je dois boire aux alentours de trois à quatre litres d'eau chaque jour. Je n'ai jamais autant bu et ne comprends vraiment pas ce qui m'arrive.

Je profite du week-end pour me reposer enfin. J'attrape par ailleurs une petite infection cutanée.

Il s'agit d'un bouton au niveau de mon bassin, aussi volumineux qu'un furoncle. Il me fait énormément souffrir.

Le week-end est passé si vite sans que j'aie vraiment eu le temps de récupérer. Cette fatigue me suit encore et toujours. Au lycée, quelques copains me trouvent fatigué. J'ai bien évidemment le droit à des « tu as maigris », « t'es fatigué ? ». Leurs réflexions m'inquiètent réellement. Les jours passent et se ressemblent.

Un jeudi matin comme les autres, je me lève aux alentours de sept heures trente. Le réveil est plutôt difficile et je n'ai pas vraiment la force de me lever. Après avoir émergé pendant une bonne dizaine de minutes, je me dirige vers la salle de bain. Je prends immédiatement une douche et en profite pour boire l'eau qui s'écoule de la pomme. Je suis assoiffé, et tellement soulagé à l'idée de pouvoir m'hydrater. Je bois et laisse couler l'eau durant de longues minutes.

Je ne sais même pas pourquoi, mais je sens que la situation est grave. Après avoir pris ma douche, un passage obligatoire devant le miroir s'impose. Je reste muet devant ce portrait cadavérique.

Je décide aussitôt de monter sur le pèse- personne juste à côté du lavabo. La balance indique un chiffre qui me donne le vertige. Après quelques instants, je remonte pour vérifier si le pèse-personne est bien réglé.

Cette fois, il n'y a pas de doute : ma santé s'est bel et bien dégradée. J'ai perdu treize kilos en trois jours. Je pèse donc trente et un malheureux kilos. Je sors de suite de la salle de bain en larmes. L'heure est grave et je pense qu'il est temps d'agir. Je me dirige vers la cuisine. Je ne sais quoi dire, je ne suis plus « Geoffrey ».

Autour de moi, ma mère et ma sœur tentent de me réconforter.

« On va appeler le médecin, ça va aller, ne t'inquiète pas, on est là! »

Ma mère compose sans attendre le numéro du centre hospitalier de Lille où je suis suivi pour la Mucoviscidose.

Entre deux coups de fil, elle décide de prévenir mon père qui est déjà parti au travail.

Les bureaux de l'hôpital sont fermés pour cause de grève, notre médecin traitant ne travaille pas le jeudi et mon infirmière habituelle est impossible à joindre. Une situation angoissante.

La seule solution encore envisageable est de contacter Antoine, mon pneumologue de toujours. Antoine ne répond pas sur son portable.
Ma mère lui laisse donc un message, en larmes comme jamais je ne l'avais vue. Il ne s'écoulera qu'une petite heure avant qu'il ne nous recontacte. Durant cet intervalle qui nous semble interminable, j'ai peut-être bu l'équivalent d'un litre et demi ou deux. Je suis de plus en plus assoiffé.

Je n'arrive quasiment plus à parler. J'ai soif, très soif. La décision est prise : Antoine nous attend sur Lille pour une consultation en urgence. Angélique reste seule à la maison. Notre domicile se situe à une petite heure de route du centre hospitalier.

Le trajet me semble long et fatigant. Dans la voiture, mon père avait prévu des couvertures pour que je n'aie pas froid, car nous sommes en hiver et les températures frôlent le négatif.

Mais aussi et surtout quelques boissons sucrées qui me font un bien fou. Nous arrivons donc sur le parking de l'hôpital. Le déplacement entre le parking et le hall d'entrée me paraît interminable alors que cela ne représente que cent mètres environ. Je suis essoufflé, épuisé.

Nous nous présentons au guichet des consultations et prenons place dans une salle d'attente déserte. Antoine arrive enfin et nous salue. J'entre seul dans le bureau aux côtés de mon pneumologue et me déshabille avant de constater son visage crispé. Je monte sur la balance et aperçois de nouveau trente et un kilos. Mon état clinique est jugé alarmant.

Mes jambes ne tiennent plus, je suis déshydraté et mon visage est creusé. Les os de mes orbites ressortent même. Antoine m'emmène dans une toute petite salle où une infirmière m'attend.

Une prise de sang s'impose et je suis alerté par la couleur noirâtre de mon sang. Je ne me sens pas bien du tout, j'ai l'impression d'être ailleurs. Curieusement, le test de glycémie ne marche pas. L'infirmière essaye de me faire rire, mais je suis tellement inquiet que je n'en ai plus vraiment la force.

Après l'examen, elle décide de me libérer et je dois maintenant me diriger vers le bureau d'Antoine pour y récupérer mes affaires. Je sors de cette petite salle et aperçois ce long couloir vide. Mes parents ne sont plus dans le bureau, à présent désert. Je patiente donc seul au milieu du couloir.

Après un quart d'heure d'attente, j'aperçois Antoine. Je sais maintenant qu'une mauvaise nouvelle va arriver. Il me fait signe de m'approcher vers lui et nous montons ensemble dans l'ascenseur.

Un silence oppressant règne dans le petit espace et gêne encore d'avantage ma respiration.

« Geoffrey, le test de glycémie n'est pas bon du tout. Pour faire simple, tu es rempli de sucre. Tu es maintenant diabétique et tu seras obligé de te piquer en insuline…
-Combien de temps vais-je devoir le faire ?
-Tous les jours. A vie. Il ne faut pas baisser les bras, tu dois être fort, comme tu l'es depuis le début, d'accord ? »

Je ne réponds rien et me mets aussitôt à pleurer en silence. Nous sortons ensemble de l'ascenseur.

Antoine m'accompagne dans un autre couloir interminable. C'est en traversant celui-ci que j'aperçois ma maman en pleurs. Elle est assise dans une salle, à une petite table, face à un verre d'eau. A ce moment précis, je ne comprends pas ou plus beaucoup ce qui se passe. Ma mère en sanglots, Antoine affolé comme jamais je ne l'avais vu… le diabète est-ce vraiment une maladie aussi grave ?

Arrivé au bout du couloir, j'aperçois mon père qui m'attend devant ma chambre. Tout a donc été fait en urgence. Dans cette chambre d'hôpital j'aperçois un lit, une télé, ainsi qu'une table recouverte d'une panoplie de matériel médical.

J'entre dans la pièce et m'installe dans ce lit de draps blancs. Je vois arriver devant moi Marie-Christine, une infirmière du service.
Cela fait peut-être une bonne dizaine d'années que nous nous connaissons. Je suis à la fois rassuré que ce soit elle qui me soigne, tout en étant inquiet de la situation.

Je ne sais pas très bien quoi dire, je suis abattu et je n'ai même plus la force de sourire. Impensable selon moi, mais bien réel aujourd'hui.

Tout va très vite : en moins de dix minutes je suis perfusé en insuline. Je suis branché à de longs tuyaux, qui en réalité, m'accompagneront pendant mes onze jours d'hospitalisation.

Onze jours difficiles…

Les premiers temps me permettent avant tout de récupérer. Je dors durant des heures entières. L'hospitalisation me semble longue. J'ai le droit à quelques visites de la famille et des amis.
Des visites qui me donneront le courage et une raison de me battre contre cette nouvelle maladie que l'on m'a diagnostiquée.

Les jours passent et se ressemblent beaucoup. Au programme : cours d'initiation à l'injection d'insuline, vérification de la glycémie, mesure de la tension, psychologue, pneumologue, radiographie pulmonaire…

Nous sommes vendredi, une petite amélioration depuis la veille. Je commence à pouvoir reparler normalement. Je suis cependant toujours trop faible pour sortir du lit.

Le début de la journée commence avec l'arrivée d'une diabétologue. Petit bilan de la situation : mon taux est descendu à 4.50 g/l. Un taux de glycémie normal doit se situer aux alentours d'un gramme. Je suis donc quatre fois supérieur à la moyenne. C'est tout de même mieux qu'à mon arrivée, puisque mon taux avait frôlé les huit grammes.

Elisabeth, la diététicienne du service, vient me voir chaque matin pour élaborer avec moi le menu de la journée. Le but étant de regrossir, j'ai donc tout naturellement carte blanche. Je choisis des entrées, des bons plats de résistance ainsi que des fromages et des desserts au chocolat. Je retrouve doucement mon appétit habituel :

« Quand l'appétit va, tout va ! »

Je suis donc rassuré d'aller mieux, mais toujours très inquiet par cette maladie, je dois l'avouer. Des diabétologues m'expliquent avec quelques schémas ce qu'est vraiment le diabète. Je n'ai pas le choix, il faudra se plier aux quatre injections journalières d'insuline. Explication des gestes à effectuer en cas d'hypo ou d'hyperglycémie.

Les jours passent et je reprends des forces !

Je grossis d'environ huit kilos en cinq jours. Les médecins sont très fiers de moi, mes parents aussi d'ailleurs.

Ma mère m'accompagne pendant ces onze jours. Elle dort dans une couchette que lui ont préparé les infirmières. Mon père, quant à lui, fait le trajet tous les jours pour venir me voir et parcourt ainsi quasiment huit cents kilomètres pendant cette période. Une belle preuve d'amour de leur part, dont je suis très fier aujourd'hui.

Nous sommes le vingt-deux décembre, un jour un peu spécial à mes yeux. J'ai en effet le droit à une journée de permission. Le principe est simple : repartir à la maison pour une journée puis analyser les tendances glycémiques. Ma mère et ma sœur décident de me faire la surprise d'aller au magasin pour faire le plein de courses. Tous ceux qui me connaissent savent bien que je suis peut-être l'un des rares garçons à aimer faire les magasins. Nous faisons rapidement les rayons, jusqu'au moment où je me sens faible.

Je tremble, j'ai des sueurs et je pâlis très vite. Angélique, qui est à mes côtés, décide immédiatement de me donner du sucre : un très bon premier réflexe en cas d'hypoglycémie.

Nous revenons à la maison et je retrouve enfin le sapin de Noël que j'avais décoré avant d'être hospitalisé ainsi que ma chambre et mon univers. L'heure tourne : pendant cette journée de permission, j'ai eu le temps de refaire le plein d'énergie.

Nous sommes de retour à Lille. Quelques explications de ma journée avec les médecins, qui analysent ainsi mon taux de glycémie et décident aussitôt de baisser les doses d'insuline du fait de mon hypoglycémie.

Cette première sortie a été pour moi l'occasion de retrouver doucement le moral. Mon père et ma sœur viennent me voir le soir même. Ils ont même ramené quelques magazines, de quoi me distraire. Après quelques heures passées à mes côtés, Angélique et lui décident de repartir. Ils rentreront que vers vingt-et-une heure trente à la maison.

Ma mère et moi décidons de discuter un peu au soir. Nous partageons quelques fous rires avec le personnel soignant. Avant de terminer son service, Marie-Christine décide de faire un petit détour par ma chambre :

« Comment vas-tu ce soir ?
- Je fais aller, le moral revient et j'ai eu l'occasion de rentrer à la maison : ça fait du bien !
- Je viens te voir car j'ai une très bonne nouvelle pour toi, mais ne dis pas aux médecins que je te l'ai dit : ton séjour parmi nous se termine demain. C'est donc ta dernière nuit ici. »

Je suis très heureux : ça y est mon séjour à l'hôpital arrive enfin à terme. Je téléphone donc immédiatement à ma sœur et à mon père, tout juste rentrés à la maison, pour leur annoncer la bonne nouvelle.

Cette hospitalisation m'a finalement permis de voir et surtout de comprendre à quel point la santé était précieuse. C'est à partir de ce moment précis que ma santé sera désormais la première de mes priorités.

Nous sommes le vingt-quatre Décembre 2005. Aujourd'hui, le plus beau cadeau que la vie m'ait offert est celui de passer Noël entouré des personnes qui me sont chères. Reste maintenant à m'adapter aux quarante-deux injections d'insulines hebdomadaires que m'impose désormais cette nouvelle maladie.

MES ANNEES LYCEE…

Malgré la maladie dont je suis victime, jamais il n'a été question de négliger ma scolarité. Bien au contraire. Comme tout élève normal, je me vois attribuer des objectifs et l'obtention d'un baccalauréat série littéraire option cinéma-audiovisuel en est un.

A travers ce chapitre, je vous raconte donc ma scolarité, et plus précisément mon année de Terminale, ainsi que les difficultés que j'ai rencontrées en tant que lycéen pour décrocher mon baccalauréat.

Comme tous les jours, il est peut-être six heures vingt quand le réveil sonne, et il est déjà l'heure pour moi de me lever. Il me faut bien dix minutes, le temps d'émerger.

Le rituel quotidien commence alors:

1/ Se réveiller sous la douche, 2/ s'injecter une piqûre d'insuline dans le ventre et 3/ prendre un petit déjeuner consistant. Avant mon repas, je dois avaler la quinzaine de cachets qui m'attendent, fidèles au poste, près de mon bol posé sur la table.

Cela fait quelques années déjà que j'ai pour habitude de prendre un bol de café au lait avec des petits gâteaux et des céréales : de quoi tenir jusqu'à dix heures, heure de la première recréation.

En faisant mon aérosol, j'écoute les premières informations à la radio. Je m'adonne à ce rituel depuis que je suis entré au lycée. Après avoir inhalé la fumée de mon aérosol, direction la salle de bain où je vais me dégager les bronches, encombrées de mucus. Ce n'est vraiment pas agréable à entendre mais il le faut, je n'ai pas le choix.

J'ai souvent pris l'habitude de mettre de la musique pour éviter que l'on puisse m'entendre. A chacun ses astuces. Je n'ai eu en tout qu'une vingtaine de minutes pour me doucher, prendre mon petit-déjeuner et me dégager les bronches. Karine, mon chauffeur, m'attend déjà dehors.

J'ai beaucoup de chance d'avoir un taxi pour me rendre au lycée. Il me fallait auparavant, prendre deux liaisons de bus et une correspondance de train. Je me levais à l'époque à cinq heures trente.

Ce rythme très soutenu m'a physiquement et moralement affecté. Il fallait donc trouver une solution pour remédier au problème.
C'est alors que je connus Karine, âgée d'une trentaine d'années. Elle sera mon chauffeur trois ans durant. Nous avons peut-être parcouru vingt ou vingt-cinq mille kilomètres ensemble.

Nous avons eu, dès le départ, un très bon feeling. Ensemble, nous discutons de tout et de rien. Karine devient très vite ma confidente.

Nous n'avons alors aucun tabou. Je n'en dirai pas plus…

La route est souvent perturbée le matin et nous passons donc par les petites villes. Le trajet est plus long, certes, mais moins encombré que la rocade. Il est souvent aux alentours de sept heures cinquante-sept lorsque j'arrive devant le lycée.
Je suis attendu sur le parking principal par Benjamin et Valériane ainsi que quelques copines. Je descends de mon taxi pour aller les rejoindre.

Ensemble, nous nous dirigeons vers le bâtiment J où se déroulent la plupart de nos cours.

Le lycée où je suis scolarisé est l'un des lycées les plus importants de la région Nord- Pas-De-Calais. Nous montons les escaliers pour arriver au troisième et dernier étage où a lieu notre première heure de cours. Rien de tel que de commencer la semaine par un peu d'exercice physique, même si la cinquantaine de marches m'essouffle tout de même.

Benjamin et Valériane ont pris conscience de la maladie dès notre première rencontre. Jamais ils ne m'ont abandonné.

Le lundi matin est souvent l'occasion pour nous de faire un petit débriefing du week-end. Dois-je vraiment préciser que nous sommes de grands bavards ?

La sonnerie retentit : il est déjà huit heures.

Nous entrons donc en cours; tout le monde prend place et je m'installe au troisième rang à côté du mur. J'attends avec toute la classe Virginie L, notre professeur d'Histoire – Géographie qui, comme tous les lundis, arrive avec un grand sourire et un « Vous allez bien ? ».

Je dois dire que cela nous remonte un peu le moral, car il est très rare que la classe soit motivée le lundi matin.

L'aiguille tourne rarement vite le lundi. Assis aux côtés de Valériane qui me regarde en rigolant, je me dis que la journée sera belle mais bien longue. Virginie décide de nous rendre nos derniers devoirs surveillés. Je m'attends à avoir dans les cinq ou six tout au plus, il faut dire que je n'avais pas tellement réussi. Sept sur vingt : une note médiocre, mais je ne m'en fais pas.

Pour moi, les notes du lycée ne veulent rien dire : on peut être médiocre tout en étant très motivé.
Je me suis toujours dit que les études étaient secondaires par rapport à ma santé. Elles peuvent être rattrapées si besoin est, la ou plutôt devrais-je dire ma santé quant à elle, est unique et précieuse, c'est pourquoi je préfère la privilégier.

Ce n'est pas pour autant que je ne néglige ma scolarité, bien au contraire. Je suis un élève attentif et impliqué.

Pendant ce cours, nous abordons un sujet important de Géographie, l'évolution économique et touristique de Paris.

Avec mes amis, je commence à avoir un petit sourire aux lèvres, et décide aussitôt d'en faire profiter la classe entière :

« Madame, madame s'il vous plaît, j'ai une question qui me perturbe...
- Oui Geoffrey, vas-y, pose-la moi.
- Je suis un peu embêté, je n'ose pas trop la dire...
- Geoffrey, c'est maintenant qu'il faut me poser les bonnes questions alors pose-la !
- Eh bien je me lance... Madame (sourire aux lèvres), vous nous demandez d'indiquer les activités principales du tourisme et de l'économie de notre capitale, mais là j'hésite vraiment. Le bois de Boulogne devons-nous l'indiquer en tant qu'activité majeure de l'économie, ou en tant qu'activité culturelle de notre capitale ? »

Dans la classe le fou-rire est alors général. Virginie, décontenancée par ma question, ne sait pas vraiment quoi me répondre et décide à son tour de rire aux éclats. C'est une question tout de même osée et je rougis à mon tour. La sonnerie retentit juste à cet instant. Je suis sauvé par le gong.

Il est maintenant dix heures moins dix, l'heure de notre première récréation. Nous descendons souvent dans la cour pour nous changer les idées. Mais avant cela, petit tour au bureau de notre C.P.E. où je prends les dernières nouvelles pour la classe. Je suis délégué pour la seconde année, et c'est avec un réel plaisir que j'endosse ce rôle de porte-parole de mes camarades.

J'aime défendre la classe devant les professeurs dans certaines situations, même si je les apprécie plus ou moins. Je ne développerai pas davantage ma pensée sur certains d'entre eux.

Mais je puis vous assurer que la Mucoviscidose a parfois été source de conflit. Eux qui pensent sans doute tout connaître de la maladie, ne réalisent pas vraiment l'importance des soins au quotidien.

Je ne peux être que révolté face à ce raisonnement. Heureusement pour moi, il existe des professeurs beaucoup plus compréhensifs.

Dix heures cinq, la sonnerie retentit de nouveau, marquant déjà la fin de cette pause matinale. Retour à l'étage pour un cours de Cinéma.

En effet, depuis trois ans maintenant, je suis élève en option Cinéma-Audiovisuel, une matière que j'aime car je trouve qu'elle rapproche les élèves, le cinéma étant par définition un art d'expression. C'est grâce à cette option que j'ai pu acquérir une vision totalement différente du cinéma. L'occasion de découvrir, par exemple, des réalisateurs plus ou moins connus du grand public.

Si je devais en citer un, je répondrais sans hésitation Wong Kar Wai qui, grâce à sa culture asiatique et ses techniques de tournage très particulières, m'a beaucoup marqué. Deux de ses films m'ont tout particulièrement séduits : « In the mood for love », et « 2046 ».

Côté Français, ce n'est pas un réalisateur mais un acteur qui m'a toujours fasciné. Avec sa petite taille, ses mimiques, son énergie et sa spontanéité, Louis de Funès est depuis longtemps mon acteur préféré.

Inutile de vous dire, que je n'ai pas hésité à faire le déplacement jusqu'à St Tropez lors d'un séjour dans le Sud en 2010, pour poser devant la célèbre gendarmerie.

Louis de Funès, un modèle donc. Je dois dire qu'avec Cédric mon beau-frère, je suis plutôt à bonne école.

Cédric est un passionné de cinéma comme on en rencontre rarement. Lui qui range par ordre alphabétique et par genre tous les films qu'il collectionne, n'a eu aucun mal à me faire découvrir la plupart des œuvres de ce grand artiste. Si je devais en citer un en particulier, je répondrais encore sans hésitation « Le grand restaurant » et sa scène mythique du cours de danse dans la salle de restauration. Mais d'autres comme « La grande Vadrouille », « Le Corniaud » ou encore « Rabbi Jacob » m'ont particulièrement séduit.

L'option audiovisuel m'a aussi permis de rencontrer quelques noms du cinéma comme Andrzej Zulawski, grand réalisateur Polonais, mieux connu en tant qu'ancien compagnon de Sophie Marceau.

Comme chaque jour, l'heure du midi nous permet de nous rassembler, avec Benjamin, Valériane, Laetitia ou encore Cécile, pour la pause déjeuner. Nous mangeons souvent vers douze heures trente.

Le premier regard que je croise à la cantine est souvent celui de Zahra, employé du lycée :

« Bonjour Geoffrey, tu vas bien?
- Très bien et vous ?
- Bien, bien… »

J'arrive devant les cuisiniers et demande comme d'habitude deux cent grammes de féculents. Etant diabétique depuis peu, les médecins préfèrent que je pèse tous mes aliments, le diabète étant une maladie où l'alimentation doit être surveillée au gramme près. Je pénètre donc dans les cuisines, je serre la main du chef cuisinier et dis bonjour à toutes les personnes présentes. J'arrive dans une petite pièce pour faire ma seconde piqûre de la journée:

« Comment vas-tu aujourd'hui ? Le diabète est bon ? Tu es en forme ?
- Oui, ça va bien merci, et vous Raymonde ?
- Comme un lundi Geoffrey ! Comme un lundi! Contente que tu te portes bien ! »

Je suis très heureux d'avoir un aussi bel accueil de la part du personnel de la cantine car tous les jours, c'est avec le sourire qu'ils m'encouragent.

Je prends maintenant la piqûre d'insuline qui se trouve dans mon sac. Le soin en lui-même dure moins de cinq minutes, le temps de relever mon taux de glycémie et de me piquer en fonction du taux obtenu.

Mes amis m'attendent un peu plus loin.

« Je suis désolé d'avoir été long ! » dis-je à chaque fois.

Nous entrons dans le restaurant scolaire. Il est souvent bondé et nous essayons de trouver quatre malheureuses petites places.

Sur notre table, le pichet d'eau est vide. Je dis souvent à Valériane :

« Allez Val, c'est ton tour, ce n'est pas le mien. »

Il est vrai que j'y suis allé à peine une petite vingtaine de fois en trois ans. Je n'aime pas aller chercher l'eau, impossible d'expliquer pourquoi.

Je ruse donc pour envoyer quelques-uns de mes camarades, qui se dévouent lorsque je leur rétorque mon argument fétiche :

« Attendez, je suis diabétique moi, et en plus je vais être fatigué avec la Muco, s'il vous plaît, franchement, prenez soin de moi... »

Une heure moins dix ; les cours reprennent de nouveau : direction le troisième étage pour les T.P.E, les Travaux Pratiques Encadrés.

Pour cette épreuve du baccalauréat, nous avons comme thème central le dérèglement climatique. Il est vrai que le sujet prend de plus en plus d'ampleur dans les médias, les conversations et dans la vie de tous les jours.

Avec mon groupe, nous avons décidé de nous intéresser plus particulièrement à Al Gore, l'ancien candidat à la Maison Blanche battu par Georges W Bush en 2003. Un sujet qui m'intéresse. Pendant plus d'une heure trente, nous collectons quelques informations sur Internet et dans des manuels scolaires. Cette heure de recherche me plaît beaucoup, d'autant plus que nous pouvons intervenir comme nous le voulons et ainsi proposer des pistes d'étude.

Quatorze heures, direction le laboratoire pour une séance de TP physique. Les sciences ne me passionnent par contre pas du tout.

Normal : je suis plutôt un littéraire. L'ambiance est détendue pendant le cours, qui porte sur la vision et les diverses lentilles, avec tout un jargon scientifique qui me parle peu.

Devant moi, quelques filles bavardent de tout et n'importe quoi. Le professeur, quant à lui, continue tranquillement son cours.

Le temps passe et il est presque dix-sept heures, soit encore une heure de concentration avant de quitter le lycée. Je commence à être fatigué, mais il me faut encore assister à un cours de Cinéma-Audiovisuel. Nous serons cette fois en tournage à l'extérieur pour enregistrer une des scènes du court-métrage que nous présenterons au baccalauréat en Juin prochain. Il ne fait pas très chaud, mais nous devons absolument enregistrer la séquence. J'essaye de ne pas prendre froid, le temps étant très humide.

Dix-huit heures, la sonnerie retentit : enfin une nouvelle journée qui s'achève. Je descends la trentaine de marches et sors de l'établissement. Il fait presque nuit.

Je cherche la voiture et vais rejoindre Karine qui m'attend :

« Comment s'est passée la journée aujourd'hui ?
- *Fatigante : je suis pressé de rentrer, pour ne rien te cacher ! »*

Je profite du trajet pour me reposer un peu.
C'est après une bonne demi-heure de route que nous arrivons devant la maison de mes parents. Je descends de voiture et prends mon sac qui se trouve sur le siège arrière.

« Bonjour tout le monde ! » crie-je à mes parents

J'avance en direction de ma chambre et pose mon sac sur mon lit puis je reviens dans la cuisine pour y apercevoir mes parents qui m'attendent, comme tous les soirs. Je leur demande comment s'est passé la journée et si aucun courrier ne m'est attribué.

A peine le temps de manger un petit quelque chose que Pascal arrive pour ma kiné respiratoire quotidienne. Quinze minutes de concentration et d'exercices respiratoires. Je profite de sa présence pour lui demander, à la fin de la séance, de l'aide pour mon devoir de mathématiques.

Dix-neuf heures précises, me voilà reparti pour une répétition de musique.

Dans la famille, presque tout le monde est musicien, à commencer par ma sœur qui a été professeur de musique. Elle a fait de sa passion son métier pendant quelques années.

Ce goût pour la musique nous a été transmis par notre père, lui-même musicien depuis son enfance. Il est un saxophoniste doué, je dois bien avouer, et la passion ne s'est jamais éteinte. Ma passion pour la percussion est arrivée jeune, vers l'âge de sept ans. Je me souviens de ces moments partagés sur les genoux de mon ami Paul, aujourd'hui disparu.

Paul était un brillant musicien et m'apprenait à jouer de la caisse claire sur un air de tango. Prenant goût au rituel, je m'inscrirai officiellement dans une école de musique en 1997. Jean-Louis deviendra alors mon professeur de percussions pendant plus de dix ans. Il est aujourd'hui l'un de mes plus proches amis, présent dans les bons comme dans les mauvais moments.

Ma mère, quant à elle, ne pratique aucun instrument mais appartient à une troupe de théâtre depuis maintenant trois ans.

Les « Déplanchés » est une équipe de comédiens aussi soudés les uns que les autres. Le théâtre a permis à ma mère, comme la musique a permis à mon père, de s'évader un peu et d'oublier finalement, pour quelques instants, la maladie dont je suis atteint.

Il est souvent aux alentours de vingt heures quinze lorsque nous rentrons de la répétition de musique. Le repas sera finalement le seul moment où je vais pouvoir me retrouver seul avec mes parents. L'occasion de discuter de ma journée, de mes camarades, et de ma vie de lycéen. Je profite pour leur faire part de ma fatigue : le rythme n'est pas évident à gérer et je suis bien content d'être bientôt en vacances.

Après le repas, quelques cours d'Anglais, de philosophie et de littérature m'attendent sur le bureau. Je dois m'attaquer aux révisions.

Mais avant cela, une petite douche s'impose : l'occasion d'un bref moment de détente.

Il ne sera finalement pas loin de vingt-trois heures trente lorsque j'éteindrai la lumière, le temps pour moi de reprendre des forces avant une journée tout aussi chargée le lendemain !

Voilà en quelques lignes le rythme de travail que m'imposera le lycée pendant quatre longues années, ayant redoublé mon année de seconde. Tout allait donc plutôt bien, jusqu'en Terminale.

C'est au bout de quatre mois que je jette l'éponge, épuisé moralement, physiquement… Le rythme trop soutenu me fatigue et dégrade progressivement mon état de santé. Je n'ai plus vraiment le moral. Je rentre en pleurs de plus en plus souvent. Je suis triste, je ne sais plus vraiment ce que je veux à l'approche des préparatifs du Baccalauréat.

Je décide dans un premier temps de m'accorder une semaine de repos et reste à la maison où je décompresse. Je récupère et me pose beaucoup de questions.

Une chose me perturbe : habituellement joyeux et positif, je ne cesse de pleurer dans mon coin sans même savoir pourquoi.

Je suis de plus en plus agressif, le dialogue entre mes parents, ma sœur, mon beau-frère et moi-même est de plus en plus difficile. Je ne veux parler à personne, et c'est là tout le problème. Pourquoi cette agressivité ? Pourquoi ce comportement ? Que m'arrive-t-il ?

Je ne sais réellement pas ce qui se passe. Mes journées se ressemblent de plus en plus : je me lève, déjeune et reste allongé des heures entières dans le canapé. Manger devient alors une épreuve, je suis comme possédé.

Devant cette inquiétante attitude, mes parents décident d'avoir un avis médical par l'intermédiaire de notre médecin traitant. Le diagnostic est très vite établi : je suis en dépression.

Après avoir longuement discuté avec mes parents, la solution de la déscolarisation s'impose.

Nous prenons donc rendez-vous le lendemain avec la direction du lycée. Notre entretien durera une quarantaine de minutes, et se terminera par les propos bienveillant du proviseur.

« Je pense qu'il est plus sage de lever le pied comme tu le fais. En tous cas Geoffrey, sache que tu es le bienvenu ici, que tu as été un élève remarquable par ton courage, ta volonté, et ta formidable gentillesse. Maintenant, il faut prendre soin de toi ! »

Je m'apprêtais alors déjà à appliquer ce précieux conseil : prendre soin de moi ! Le moment le plus marquant aura sans aucun doute été la signature du contrat de déscolarisation.

Une page se tourne… enfin pas réellement !

Avant de quitter le lycée, je décide de prévenir Claire, mon professeur principal, qui ignore encore tout de ma décision.

« Eh bien Geoffrey, tu voulais me voir ? Comment te portes-tu ?
- Oui, je souhaitais en effet vous rencontrer : je ne vais pas bien du tout. Les cours m'épuisent moralement et physiquement et je n'arrive plus à jongler entre ma santé et ma scolarité. Je voulais donc vous faire part de ma décision de me déscolariser à partir de cet après-midi !
- Te déscolariser?

- *Oui, c'est une décision que j'ai prise avec mes parents.*
- *Eh bien c'est une annonce qui me laisse sans voix, sache cependant que nous ferons tout pour t'aider à décrocher ton baccalauréat !*
- *Je ne souhaite plus passer le bac, pour moi l'école c'est du passé ! »*

Quelques jours après cette entrevue, je reçois la visite de ma sœur et de mon beau-frère. Eux non plus n'en reviennent pas de cette soudaine décision ! Mais ils ne me jugeront en aucun cas. C'est d'ailleurs eux qui, de discussions en discussions, parviendront à me convaincre de passer tout de même le bac en tant que candidat libre !

Un nouveau défi s'impose alors naturellement. Cinq mois nous séparent des premières épreuves. C'est avec l'immense soutien de mes professeurs de Cinéma et de Lettres que je travaillerai quatre heures chaque jour.

Nous communiquons par mails grâce aux nouvelles technologies. Je reçois quelques cours photocopiés par mon amie Valériane, qui m'informera de l'avancée des cours semaine après semaine.

C'est elle qui collectera de jolis messages de la part de mes camarades et de mes professeurs, touchés par ma décision et par mon combat!

C'est à cette période, que me vient une idée : pourquoi ne pas m'essayer à l'écriture ? Pourquoi ne pas raconter cette étape de ma vie à travers un livre ?

Oui, c'est bien à ce moment précis que naît l'envie d'écrire cet ouvrage, c'est à cet instant que j'écrirai ses premières lignes !

A travers l'écriture, je me libère d'une souffrance alors trop présente. Les jours passent et je prends de plus en plus plaisir à écrire. Je ressens le besoin de raconter mon histoire.

Je consacre donc environ quatre heures chaque jour aux diverses révisions. Virginie J, mon professeur de lettres, touchée par le combat que je mène, me propose alors gentiment et spontanément de m'aider à réviser à son domicile.

Elle est la seule qui ait fait cette démarche pour laquelle je lui serai toujours particulièrement reconnaissant. Cela ne peut que me motiver davantage.

Durant des heures, elle m'expliquera et m'aidera à préparer l'épreuve écrite de littérature, prévue quelques semaines plus tard.

Mais avant cela, il y a l'épreuve de philosophie et la question suivante :

« Le langage trahit-il la pensée ? ».

Je réaliserai une dissertation de quatre cents lignes environ.

Puis les autres matières s'enchaînent jour après jour. Je donne le maximum de moi-même et fais de mon mieux, sans jamais baisser les bras. La semaine d'examens est pour moi extrêmement difficile et fatigante.

C'est le vendredi après-midi que la toute dernière épreuve du baccalauréat est programmée. Il s'agit de la plus importante, celle de Cinéma-Audiovisuel.

Je dois débattre sur deux films, l'un imposé, l'autre au choix devant deux examinateurs pendant une trentaine de minutes.

Pour ce qui concerne le film imposé, j'ai beaucoup de chance puisqu'il s'agit de 2046, long métrage de Wong Kar Wai, que j'aime particulièrement. Je fais un sans-faute. Mais la partie n'est pas terminée puisque je dois maintenant présenter le film de mon choix.

Il s'agit d'un long métrage espagnol de Roser Aguilar intitulé « Lo Mejor de Mi ».

L'histoire d'un jeune couple partagé entre amour et trahison, avec pour thème principal le don d'organes. Inutile de vous dire que ce film est l'occasion pour moi de marquer des points. Beaucoup de points. Je parle avec mon cœur, tout en restant objectif sur le sujet.

L'entretien vient de se terminer quand l'un des deux examinateurs m'interpelle :

« Je ne pense pas que l'on ait l'occasion de se revoir, alors juste une chose :
bonne continuation pour la suite et bon courage dans vos projets à venir et votre santé! Vous avez du talent et une présence, croyez-moi ! »

C'est à ce moment que je comprends que la partie est presque gagnée. Mais je reste comme à mon habitude très prudent.

Les résultats, rendus publics quelques jours plus tard, me confirmeront mon intuition. Je décroche sans rattrapage mon baccalauréat série Littéraire option Cinéma Audiovisuel. C'est avec une réelle fierté et une émotion toute particulière que je deviens à mon tour bachelier.

Je jette un œil sur mon relevé de notes et aperçois la note de dix-neuf et de vingt sur vingt aux deux épreuves orales de Cinéma. Serais-je déjà doué pour la communication ?

Ma combativité, mon énergie et ma volonté ont enfin payé ! Inutile de vous dire combien je suis attaché à ce diplôme qui fait, aujourd'hui encore, toute ma fierté.

MONSIEUR LE PRESIDENT !

Le présent chapitre vous relate un jour marquant de ma vie. Un certain 14 Juillet 2007. Une journée importante à mes yeux, puisqu'il s'agit en effet de mon invitation personnel au palais de l'Elysée par le couple présidentiel pour la très prestigieuse Garden Party. Moment unique et privilégié donc, que peu de Français ont la chance de vivre.

Il est cependant très important pour moi de vous préciser qu'il ne faut y voir aucune opinion politique.

Je conseillerai tout naturellement à tous ceux et toutes celles qui penseront le contraire de bien vouloir se rendre directement au chapitre suivant.

Nous sommes mi-avril 2007, en pleine campagne présidentielle. Quelques jours nous séparent du premier tour. Les premiers sondages parus dernièrement, donnent sans surprise Ségolène Royal et Nicolas Sarkozy favoris.

Un match Gauche-Droite plutôt habituel.

Les médias ne parlent que de cela depuis bientôt trois semaines et difficile, je dois bien l'avouer, de passer à côté. Les Français vont donc élire dans quelques temps un nouveau chef de l'état.

Ce changement impliquera un nouveau style, une nouvelle communication et bien évidement une nouvelle Garden Party. Cette réception donnée à l'issue du défilé militaire permet chaque année à certains Français méritants, privilégiés et devrais-je dire triés sur le volet, d'être les invités du couple présidentiel le temps d'un après-midi.

En lisant la presse, je tombe sur une interview du candidat Sarkozy. Chômage, pouvoir d'achat, santé : de nombreux thèmes y sont abordés. Il promet en réalité un changement de politique, de style et assure être un futur président à l'écoute des Français. C'est d'ailleurs l'occasion pour lui d'aborder le sujet de sa possible future Garden Party. Il précise que, s'il est élu, elle sera réservée exclusivement aux Français ayant subi et résisté aux diverses épreuves de la vie.

Cette interview m'interpelle particulièrement et je décide aussitôt de retenir cette dernière promesse dans un coin de ma tête. Les jours passent et se ressemblent presque.

Le dernier débat d'entre-deux tours a plutôt été musclé. Après quelques jours de suspens, les résultats tombent :

Nicolas Sarkozy est officiellement élu président de la République le 6 Mai 2007. Je vois en cette élection une très bonne opportunité d'être invité à la Garden Party. Je n'ai vraiment pas oublié cette dernière phrase qu'a prononcée le candidat et je ne suis pas du genre à renoncer.

Quelques jours ont passé, et je décide maintenant de m'attaquer à la rédaction de ma demande personnelle, que j'adresserai au nouveau couple présidentiel. Cette lettre doit tenir sur une feuille A4, je dois donc être rigoureux dans la tâche qui est la mienne.

J'explique tout d'abord ma vie en quelques lignes, mon combat de tous les jours face à la maladie dont je suis atteint. Je rappelle au président que la Mucoviscidose est un combat de chaque instant, et qu'il me semble inconcevable de baisser les bras.

Je tiens tout de même à ne pas trop détailler. Je ne peux m'empêcher de conclure de manière assez ironique :

« Monsieur le Président, cette invitation est plus qu'importante pour moi. Face à la maladie dont je suis atteint, je n'ai jamais baissé les bras. Ma vie est un combat de chaque instant, et cette invitation serait pour moi un pari gagné. Mais je ne me fais aucun souci quant à la suite que vous donnerez à ma demande. Car comme vous nous l'avez bien dit pendant votre campagne,

' Ensemble tout devient possible'.

Veuillez recevoir Monsieur Le Président mes sincères salutations. »

Mon courrier est maintenant prêt à être envoyé. Je corrige les dernières fautes, relis une dizaine de fois ma demande et la glisse soigneusement dans une enveloppe.

J'indique avec fierté la très prestigieuse adresse :

- **55 rue du Faubourg Saint-Honoré 75008 Paris**

Plus les jours passent et plus je me demande si ma dernière phrase n'était pas déplacée.

Ai-je réellement bien fait de citer le slogan de campagne du Président ? Cette dernière phrase ne me fera-t-elle pas défaut ?

C'est le vendredi que je recevrai l'accusé de réception. Cette fois, nul doute, ma lettre est bel et bien arrivée au palais de l'Elysée.

Nous sommes maintenant début Juillet. Les vacances arrivent, nous nous apprêtons, ma famille et moi, à partir pour quatre semaines de repos. J'ai décidé de faire suivre mon courrier pour l'occasion.

Les jours passent et je n'ai pas encore de réponse. Je dois me rendre à l'évidence, je ne serai sûrement pas invité à cette Garden Party.

C'est le 11 Juillet précisément qu'une lettre aux couleurs de la République m'est adressée.

A cet instant précis, je sais qu'une réponse, positive ou négative, m'attend à l'intérieur.

Après un moment d'excitation et d'émotion, j'ouvre l'enveloppe. Dans mes mains, un carton sur lequel est indiqué :

« Le Président de la République et Madame Nicolas Sarkozy prient Monsieur Geoffrey Verstavel de leur faire l'honneur d'assister à la réception qu'ils offriront à l'occasion de la Fête Nationale, au Palais de l'Elysée, le Samedi 14 Juillet 2007, à 12 heures. »

Je suis fou de joie. Je relis une dizaine de fois le carton d'invitation. Je n'y crois vraiment pas : je suis personnellement invité aux cérémonies de la fête nationale et de la toute première Garden Party du président.

Sans perdre de temps, j'appelle Angélique et Cédric pour leur annoncer la nouvelle. Cette invitation veut dire beaucoup pour moi : le combat contre la maladie n'est pas chose facile tous les jours, et cette Garden Party est comme un remerciement face au combat que je mène depuis des années maintenant.

La seconde personne que je décide de prévenir est Pascal, mon kiné. Si je suis invité à cette cérémonie, c'est aussi et surtout grâce à lui. Pascal m'a apporté son soutien dans cette démarche. Je l'appelle donc, avec beaucoup de fierté :

« Coucou c'est Geoffrey
- Comment ça va ?
- Bien, bien, j'ai une bonne nouvelle à t'annoncer : je suis invité à la Garden Party
- Tu es vraiment invité ?
- Oui, oui je t'assure, je viens de recevoir le carton d'invitation à l'instant !
- Tu peux te dire que tu es un privilégié…
- Je sais bien, oui !
- Profite vraiment, tu as beaucoup de chance, très peu de Français ont cette opportunité, profite bien, tiens moi au courant surtout ! »

Pascal lui-même n'en revient pas. Je prends conscience, au fil des jours, que j'ai vraiment beaucoup de chance. Mais avant cela, une nouvelle mission m'attend. Il me faut trouver un costume car je n'ai rien à me mettre à trois jours de la cérémonie.

Avec mes parents, nous décidons de faire les boutiques, et ce n'est pas évident de trouver ma taille. Normal : je ne suis ni grand ni gros.

Nous décidons donc de partir à la recherche d'un costume classique, adapté à ma carrure. Nous trouverons bonheur dans une des grandes boutiques d'un centre commercial.

Devant moi, une trentaine de costumes. Je suis plutôt attiré par un costume noir que je repère dès notre arrivée. Le noir est une couleur qui me va plutôt bien. Je regarde, j'essaie, et me décide enfin. Il ne m'aura finalement pas fallu longtemps pour faire mon choix.

Quelques retouches s'imposent tout de même. Je me regarde dans le miroir, je réajuste et valide mon choix.

Il ne reste plus qu'un seul petit détail : la cravate. Devant moi, une cinquantaine de cravates. Laquelle vais-je prendre ? Et quelle couleur ? Rouge ou bleue ?

Je réfléchis, je les essaye, et demande conseil à la ravissante vendeuse qui m'assiste.

Après réflexion, je me dis que le bleu fait référence aux couleurs de la droite, et qu'au contraire le rouge renvoie aux couleurs du PS.

Je pense qu'il serait bien de jouer le jeu jusqu'au moindre détail : sans hésitation, je prends la cravate bleue et lance un petit sourire charmeur à la vendeuse.

Nous sommes le 14 Juillet 2007, il est quatre heures trente du matin quand notre réveil sonne.

Mes parents et moi prenons un rapide petit déjeuner, faisons notre toilette et prenons la route en direction de Paris. J'essaie de dormir dans la voiture mais rien à faire. L'excitation est tellement forte que je ne fermerai pas une seule fois les yeux.

Le trajet se déroule bien, et c'est après deux bonnes heures de route que mes parents et moi-même arrivons dans la capitale.

Nous devons maintenant chercher un parking souterrain pour garer la voiture. Après quelques tours, nous arrivons enfin à trouver une place.

Après avoir mis le ticket de stationnement, nous montons les escaliers du souterrain et apercevons la lumière du jour qui se lève sur Paris.

C'est au bout de quelques mètres de marche que mes parents m'abandonnent avec, à la clé, un petit réajustement de cravate : ça y est, je suis prêt à parcourir seul la plus belle avenue du monde : les Champs Elysées. C'est pour des raisons de sécurité que seuls les invités ont le droit de circuler sur l'avenue.

Mes parents n'ont donc pas cette autorisation. Je dois avouer que c'est avec une certaine fierté que je présente mon invitation aux divers policiers qui me la demandent. L'avenue est grande et magnifique à la fois. Une place m'est attribuée au premier rang, dans la tribune présidentielle.

Il est peut-être neuf heures et mes parents sont à environ une centaine de mètres de moi.

Devant ma tribune, je vois s'installer des camions, des bus, des chaînes de télévisions présentes pour l'occasion. Le spectacle s'annonce grandiose.

Plus l'heure passe et plus les tribunes se remplissent. C'est magnifique.

A cet instant précis, je ressens vraiment la ferveur du peuple français pour la fête nationale.

Il faut dire que pour son tout premier défilé du 14 Juillet, le président a choisi de convier tout un contingent de l'armée de l'Union Européenne.

Dix heures et quelques minutes. Sur ma droite, j'entends la Garde Républicaine qui descend majestueusement l'avenue, puis le chef de l'Etat arrive à son tour. Autour de moi, des milliers de personnes applaudissent le président, j'entends des « Bravo », des « Merci », des « Félicitation ».

Nicolas Sarkozy prend maintenant place dans sa tribune aux côtés du Premier Ministre, François Fillon. La Marseillaise retentit et tout le monde se lève. Le silence complet règne sur l'assemblée. L'émotion m'envahit.

Le défilé commence et l'Armée de l'Air inaugure ce 14 Juillet. Au-dessus de moi passent des avions, des hélicoptères ; un spectacle grandiose en réalité.

Puis vient le contingent de l'armée européenne.

Défile ensuite devant mes yeux Saint- Cyr, l'Armée de Terre, la brigade des sapeurs-pompiers de Paris et d'autres encore présents pour l'événement.

Le spectacle dont j'avais tant rêvé se produit juste sous mes yeux. Plus le temps passe et plus il est impressionnant. La caméra et l'appareil photo sont là, sur mes genoux. Pour terminer, comme chaque année, la légion étrangère conclut le défilé.

Il est douze heures passé, le défilé touche à sa fin. Je descends de ma tribune et me dirige dans la foule, à la recherche de mes parents qui doivent me rendre quelques affaires. Nous discutons du défilé quelques instants, puis me voilà parti en direction de la grille du Coq, où je me glisse parmi quelques mille invités.

Il fait chaud, je commence à avoir faim et espère ne pas faire d'hypoglycémie. Je reste en réalité plus d'une heure trente dans cette file qui, à mes yeux, est interminable.

Il est peut être quatorze heures lorsque je franchis enfin la fameuse grille du Palais de l'Elysée.

J'arrive donc dans un magnifique jardin avec, devant moi, des personnes plus ou moins influentes de notre société. J'avance peu à peu dans cet endroit qui me semble de plus en plus extraordinaire pour apercevoir déjà quelques personnalités, invitées elles aussi. Photos prises, je continue mon parcours.

L'allée principale du jardin devient de plus en plus étroite, les gens s'y bousculent. Je profite d'être enfin rentré pour m'hydrater. J'aurai le choix entre la centaine de coupes de champagne, les jus de fruits pressés devant nos yeux, la charcuterie, les petits fours… C'est aux alentours de quatorze heures trente que Nicolas et Cécilia Sarkozy décident de faire leur apparition. Je me trouve à une dizaine de mètres du couple présidentiel. Caméra à la main, je filme le discours.

« Nous voulions avec Cécilia que cette Garden-Party, soit réservée à toutes celles et tous ceux d'entre vous pour lesquels la vie n'avait pas été indulgente… Tous ceux qui ont dû mettre un genou à terre, tous ceux qui ont rencontré des preuves…Vous êtes nos invités prestigieux parce que vous avez tenu, parce que vous avez résisté, parce que vous refusez de subir… »

Je me sens aussitôt concerné par ces quelques mots, et comme la foule j'applaudis à mon plus grand étonnement Nicolas Sarkozy.

Après cette rapide allocution, les membres du gouvernement décident à leur tour de se prêter au jeu des photographes en descendant dans les allées du jardin. Nous sommes un peu plus de trois mille invités environ, la chaleur est étouffante ! Il est difficile de ne pas être bousculé.

Non loin de moi, écartée de la foule, j'aperçois Pénélope Fillon, l'épouse de notre Premier Ministre. Après quelques instants d'hésitation, je décide de m'approcher d'elle et de la saluer :

« Madame Fillon, excusez-moi, je suis Geoffrey et je voulais vous saluer, est-il possible de faire une photo ensemble ?
- Bien sûr avec plaisir jeune homme. »

Je profite de cette photo pour discuter quelques instants avec cette femme extrêmement sympathique. Je lui fais délicatement remarquer aux détours de notre conversation, qu'il m'est difficile d'approcher le Premier Ministre.

Pénélope Fillon me regarde un instant et, le sourire aux lèvres, elle interpelle son époux :

« François, s'il te plaît, peux-tu venir quelques instants? »

François Fillon s'approche donc de moi, me serre la main et pose à mes côtés, pour une photo symbolique à mes yeux, puisqu'elle a été prise par le couple lui-même.

Non loin de moi, Michel Barnier, ministre de l'agriculture et de la pêche. Nous discutons ensemble durant un petit moment. Le frère de ma grand-mère paternelle a travaillé à ses côtés durant quelques années, et cette rencontre est l'occasion pour moi d'évoquer quelques souvenirs.

L'heure tourne vite, très vite. Il est déjà seize heures trente lorsque je me décide à repartir. Mais avant cela, je m'autorise une dernière petite visite. Dans la grande salle des fêtes, il y a des chefs cuistots, des peoples toujours et encore, sans oublier ces nombreux Français qui, comme moi ont eu l'honneur, le temps d'une journée, d'approcher au plus près les coulisses de la République.

Une visite privilégiée donc, dans un lieu que l'on pourrait qualifier de secret.

Comme ont eu l'occasion de le faire François Mitterrand, Jacques Chirac ou encore Nicolas Sarkozy, je quitte cette demeure en empruntant l'incontournable tapis rouge.

En traversant le mythique Faubourg Saint-Honoré, j'entends s'éloigner progressivement la musique de la garde républicaine qui me rappelle déjà que je viens de vivre, sans aucun doute, l'un des moments les plus forts de ma vie.

LA GREFFE,
CETTE INEVITABLE SOLUTION !

Chaque année, je réalise un bilan annuel à l'hôpital pendant une journée, souvent organisé début Septembre. Cette hospitalisation permet aux médecins qui me suivent d'évaluer l'évolution de la maladie. Au programme : prises de sang, scanner thoracique, épreuve d'effort, échographies, radiographie, ou encore test de marche.

Cela ne me dérange pas de me soumettre à ces divers examens. Je dois dire que l'équipe qui m'entoure au CHRU de Lille est dynamique, compétente et à l'écoute des nombreux malades qu'elle suit. Je ne peux écrire ce chapitre sans penser à Reine, Nathalie, Anne-Marie, Johan Hélène, Noémie, Anne, Johanne, sans oublier le professeur Benoit Wallaert, pour qui j'ai une extrême reconnaissance, une réelle admiration, en un mot une sincère amitié. Etre dans le service adulte est pour moi plus que rassurant, puisqu'il y a encore quelques années les enfants atteints de Mucoviscidose ne devenaient malheureusement pas tous adultes.

J'arrive souvent aux alentours de sept heures et demie. Les couloirs de l'hôpital sont alors déserts et le soleil n'est pas encore levé.

A mon arrivée, je suis accueilli par une toute jeune infirmière et me vois attribuer une chambre qui se situe au fond à droite.

J'ai souvent pour habitude de déposer mon sac à dos sur le lit, de faire une rapide inspection des lieux, et de surtout profiter de ce court instant de tranquillité pour me dégager les bronches aux toilettes. Je n'ai cette fois pas le temps de cracher qu'une personne vient déjà me chercher pour mon premier examen de la journée.
Le marathon médical peut officiellement commencer.

Le premier examen est réalisé à jeun. Il s'agit d'une échographie vésiculaire qui ne dure en tout qu'une vingtaine de minutes. Je rigole souvent en la réalisant car je suis très chatouilleux : je vous laisse imaginer… Les résultats sont plutôt rassurants : aucune anomalie n'est visible au rein, juste les calculs dans la vésicule biliaire, habituels depuis de nombreuses années maintenant.

Je redescends d'un étage en direction de la chambre, où m'attend l'infirmière de tout à l'heure.

Nouvelle mission pour elle, puisqu'il s'agit maintenant de la traditionnelle prise de sang. Je dis bien mission, car cela relève bien d'une organisation très particulière. Il faut d'abord trouver une veine correcte dans mon bras, mais surtout remplir la vingtaine de tubes qui attendent sagement sur le lit.

L'infirmière est plutôt jolie cette année : j'ai le droit à une jeune, dynamique et souriante demoiselle. Je n'ai donc en aucun cas le droit de me plaindre, inutile de vous expliquer mon humeur plus que positive aujourd'hui.

Nous plaisantons ensemble et échangeons sur le vécu de la maladie. Elle m'avoue avoir du mal à comprendre mon dynamisme et ma jovialité.

La prise de sang terminée, je vais enfin pouvoir prendre mon petit-déjeuner, il est peut-être huit heures et demi. Devant moi un petit-déjeuner classique avec un bol de café au lait et des tartines accompagnées de confiture.

J'ai le temps de digérer durant une dizaine de minutes quand, de nouveau, on frappe à la porte.

On vient me chercher pour un nouvel examen, le scanner thoracique. Il s'agit cette fois d'être allongé sur un plateau, et de passer sous un tunnel qui fait énormément de bruit.

Pour l'occasion, j'ai le droit à une nouvelle aiguille dans le bras qui m'injecte un contraste à base d'iode. L'examen vient à peine de commencer que déjà une bouffée de chaleur m'envahit. Je gonfle les poumons, bloque ma respiration, et attend sagement les instructions du médecin qui m'observe derrière une baie vitrée.

L'examen est heureusement plus bruyant que douloureux. A peine le temps de me rhabiller, que l'on m'attend pour une radiographie des poumons dans la pièce juste à côté.

« Gonflez, bloquez, soufflez… »,

Les clichés ont à peine été pris que je suis prié de patienter à nouveau dans la salle d'attente. Une nouvelle personne vient ensuite me chercher.

Il s'agit maintenant de l'examen le plus difficile, en tout cas pour moi, de mon bilan annuel.

L'épreuve d'effort consiste à me faire pédaler sur un vélo d'appartement en augmentant progressivement la résistance et en évaluant les différents échanges et paramètres de mon système respiratoire.

A peine l'examen commencé que je suis déjà épuisé, mais je dois durer encore six minutes, sans m'arrêter. Le médecin présent doit maintenant réaliser un prélèvement, appelé « un gaz du sang ».

L'action est douloureuse : il s'agit d'insérer une piqûre dans l'artère situé au niveau de la paume de main.

Un examen dont je ne raffole absolument pas. Puis, je redescends dans ma chambre où je suis attendu par la diététicienne.

Au programme : analyse de mes apports caloriques, évaluation de la masse graisseuse et musculaire, tel un vrai sportif. L'entretien ne durera qu'une quinzaine de minutes.

A peine le temps de souffler, que le professeur W. fait son apparition. Il s'agit du pneumologue qui me suit depuis mon arrivé chez les adultes en 2009.

« *Comment vas-tu Geoffrey ?*
-Bien, plutôt bien !
-Bon Geoffrey, on voit que tes résultats sont assez bas aujourd'hui, j'ai une petite question à te poser : comment vois-tu les choses ?
-Eh bien, j'ai des projets en général, je travaille, je veux une vie de famille…
-Non, je t'arrête. Quelle suite te donnes-tu avec la Mucoviscidose ?
-Même si mes résultats sont bas, je me sens bien, je ne pense pas à la greffe actuellement…
-Donc la greffe pour toi n'est pas envisageable ?
-Si, bien sûr, mais pas actuellement.
-Je vais être franc avec toi comme je l'ai toujours été, je pense qu'il serait plus judicieux et plus prudent de te faire suivre sur Paris.
Tu sais qu'à un certain moment la maladie se dégradera. On voit depuis quelques temps une tendance à la baisse de ton activité respiratoire. Pour parler franchement, je dirais que ta maladie commence à prendre un léger virage, et qu'il serait possible que l'on ait recourt un jour,

dans une semaine, dans un mois, dans un an ou plus tard, à une greffe pulmonaire.
-Ça veut dire que mon état s'est dégradé ?
-Oui et non. Je t'explique juste qu'il faut te préparer psychologiquement à cette solution inévitable. Il serait bien de prendre un premier contact avec l'équipe de transplantation, tu vois ? Je suis là pour que tu me poses toutes les questions, et nous ferons en sorte que cette future greffe soit une belle réussite. »

A cet instant précis, le ciel me tombe sur la tête. Je ne peux retenir mes larmes dans l'ascenseur.

C'est une nouvelle épreuve qui commence.

Sur le chemin du retour, je n'arrête pas de pleurer. Une réalité trop difficile à admettre, soit, mais une réalité, *ma* réalité.

Je prends alors seulement conscience de la gravité de la maladie dont je suis atteint. Dans ma tête, je ne pense qu'à une seule chose : la mort.

Je ne m'attendais absolument pas à cette conversation et j'ai l'impression que la greffe est pour demain. Je décide d'appeler aussitôt mes parents pour leur expliquer mon évolution.

Il me faudra de longs jours avant d'accepter cette situation.

Ma famille me soutiendra énormément, particulièrement ma sœur et mon beau-frère qui, dans cette épreuve, m'ont plus qu'encouragé :

« *Ecoute, tu es obligé Geoffrey, tu n'as pas le choix et c'est une chance d'être suivi à Paris.*
-Oui, mais j'ai peur, je n'ai pas le moral, j'ai peur de partir !
-N'oublie pas que nous sommes là pour te soutenir d'accord ?
-Oui…
-On t'aime énormément n'oublie pas que tu as des projets et une famille à tes côtés…Et puis tu seras peut-être un jour parrain ? Tu peux être fier d'être ce que tu es aujourd'hui… »

Ces paroles me vont droit au cœur. Je prends réellement conscience qu'il est important pour moi d'accepter d'être suivi sur Paris. Cela n'est pas évident mais il le faut.

Les jours passent et je réapprends à vivre jour après jour, avec en tête l'inévitable solution d'une greffe pulmonaire.

Ma première consultation parisienne est donc fixée un jour pluvieux de Novembre 2011.

C'est aux côtés de mes parents et de mon amie de l'époque que je décide d'y aller.

Nous voici partis en famille pour cette toute première entrevue. L'hôpital se situe dans les beaux quartiers de Suresnes, non loin de l'hippodrome Longchamp et de la Défense.

A notre arrivée, je ne peux m'empêcher de faire quelques petits commentaires en passant devant le bois de Boulogne.

« Dis donc, elles n'ont pas froid du tout ! Je vais aimer Paris je crois... enfin faut-il encore ne pas manquer de souffle ! »

J'essaye de surmonter comme je le peux la peur qui me ronge depuis le début du trajet. Dans ma tête, beaucoup de questions se bousculent. Comment va se dérouler cette entrevue ? Quels examens vais-je devoir faire ? A quel avenir dois-je réellement me préparer?

L'hôpital est immense, il est difficile de ne pas s'y sentir un peu perdu.

A notre arrivée, nous apercevons de nombreux panneaux, parmi lesquels :

« Service de Transplantation Pulmonaire ».

L'écriteau ne fait qu'augmenter le stress qui est en moi. Nous prenons maintenant place dans une salle d'attente ultra-moderne. Le temps d'un instant j'oublie que nous sommes à l'hôpital.

L'attente se fait extrêmement longue pour mes parents et moi, puisque des urgences ont apparemment décalé tout le planning.

Nous attendons depuis deux heures maintenant et je ne cesse de regarder ma montre. Les minutes sont terriblement longues.

Après cette attente plutôt difficile, nous faisons enfin la connaissance de celle qui sera désormais mon interlocutrice parisienne.

Avec une douceur et une indescriptible gentillesse, le Docteur G. m'accueille dans son bureau. La consultation peut maintenant commencer. Nous nous présentons chacun notre tour. Nous sommes assis face à face.

Seul un bureau nous sépare. Cette première rencontre est à la fois difficile et rassurante. Toutes les questions y sont abordées :

Mes habitudes de vie, mon travail, ma famille, mon point de vue sur la transplantation, les traitements, les possibles rejets… aucun sujet n'est écarté.

Le Docteur G. me félicite tout d'abord de mon dynamisme et de ma motivation face au combat. Pour elle, la réussite de la greffe dépend aussi de l'implication personnelle du malade.

Je prends note de toutes les remarques qu'elle m'apporte pendant cette première consultation.

Une phrase me marque tout particulièrement. Une phrase que je ne suis pas prêt d'oublier :

« *Garde toujours cette énergie : elle n'en sera que bénéfique pour la réussite de ta greffe.* »

Notre entretien terminé nous prenons, mes parents et moi, le chemin du retour.

Dans la voiture, je leur explique comment s'est déroulée la consultation. Je suis à la fois rassuré et soulagé qu'elle soit enfin terminée…

A l'heure où j'écris ce livre, mon état respiratoire est extrêmement médiocre.

Les visites sur Paris sont devenues une habitude. Les consultations classiques ont laissé place à des hospitalisations plus régulières qui ont montré aux médecins la nécessité de programmer mon premier bilan pré-greffe en Janvier 2014.

Le principal objectif étant, selon l'avancement de la maladie, de juger de l'opportunité prochaine d'une greffe pulmonaire et de détecter en amont les éventuelles contre-indications qui compliqueraient le geste chirurgical.

Ces hospitalisations sont l'occasion pour mes parents, ma copine et moi-même de faire connaissance avec toute l'équipe de transplantation.

Les premières rencontres seront extrêmement difficiles à vivre.

L'enchainement des intervenants ne nous laissera guère le temps de souffler.

Chirurgien, psychologue, kinésithérapeute, diététicienne, infirmière…

Les premiers résultats tombent, et c'est de manière très directe que le docteur G, ma pneumologue m'explique la situation :

« Bon, Geoffrey, je suis très inquiète de tes résultats d'aujourd'hui ! D'abord tu es très infecté, et ensuite tes valeurs de gaz carbonique ne me plaisent pas… Tu vas plutôt bien physiquement mais je me méfie beaucoup de tes résultats, j'aimerai que tu rencontres avant de repartir dans le Nord notre Anesthésiste, on ne sait jamais, on se rapproche de la greffe, les marqueurs sont présents… »

Ces paroles sont difficiles à entendre. Nous sortons de l'hôpital sans un mot. Je suis perdu…

Je profite de l'absence de mes parents, partis chercher la voiture au parking pour craquer dans les bras de Bénédicte.

Nous venons de nous prendre une nouvelle claque. Je réalise à cet instant que nous approchons réellement de la greffe pulmonaire.

C'est une solution tant espérée et tant redoutée à la fois.

Je n'oublierai jamais le regard de Bénédicte à ce moment-là.

Nous avons l'âge de nous amuser, de profiter et d'être insouciants, mais la vie en a décidé autrement, et c'est aux côtés d'une copine discrète, attentionnée et remarquablement attachée que je vais pouvoir affronter cette difficile étape de la greffe pulmonaire.

L'amour est un moteur, et je dirais que l'amour est aujourd'hui mon moteur.

Grâce à Bénédicte, j'oublie souvent le malade que je suis.

Grâce à elle, je me prépare psychologiquement chaque jour un peu plus à une greffe pulmonaire.

La greffe, cette inévitable solution, symbole d'espoir et de renaissance.

Parfois pressé, parfois inquiet à l'idée de la vivre.

Beaucoup de mucoviscidosiques comparent la greffe aux jeux olympiques. Tant d'obstacles, tant de pression, tant de préparation mentale.

Toute une vie de combat, d'acharnement, et d'entrainement pour un jour décrocher la fameuse médaille.

C'est elle qui aujourd'hui est finalement notre unique espoir !

Les épreuves sont parfois difficiles, mais le résultat est tellement spectaculaire.

La volonté, rien que la volonté de se battre et de pouvoir un jour courir vite, très vite à notre tour.

Ce jour-là, j'écrirai sans aucun doute une nouvelle histoire de ma vie, chapitre après chapitre, dans un probable second ouvrage.

Mais avant cela, je militerai probablement en faveur du don d'organe, car il est aujourd'hui le seul et unique espoir d'une vie meilleure.

Séance quotidienne

d'aérosol…

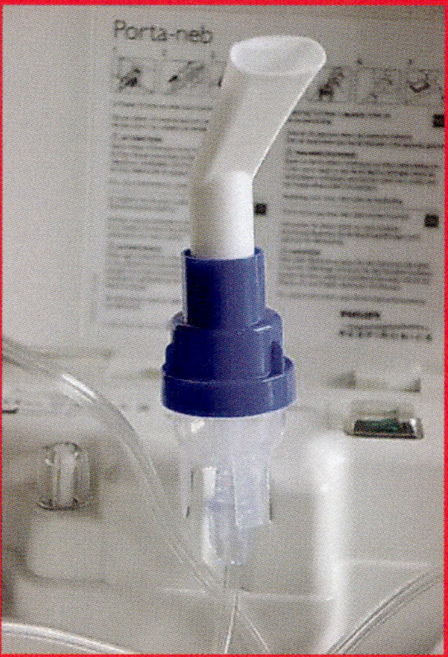

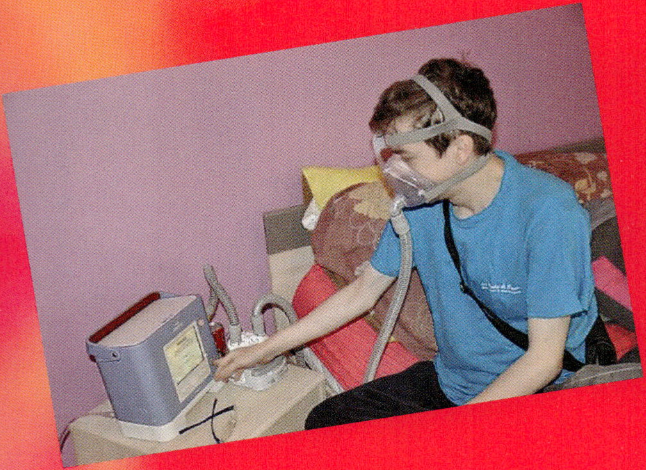

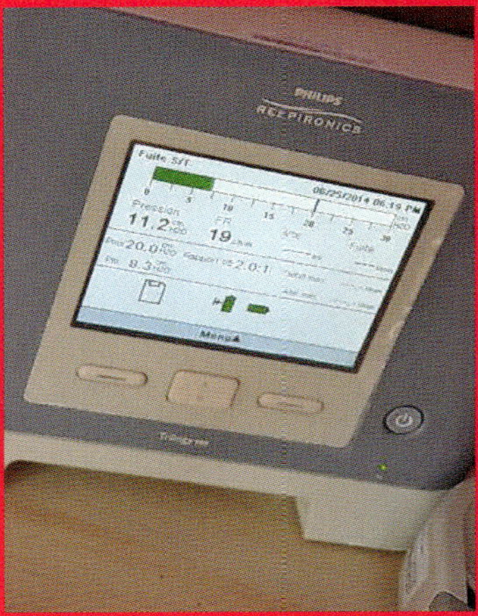

V.N.I.
(Ventilation Non Invasive)

Cet appareil permet de ventiler les poumons la nuit…

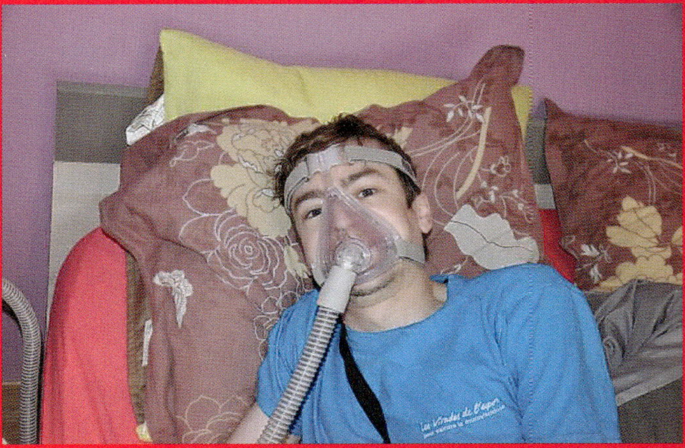

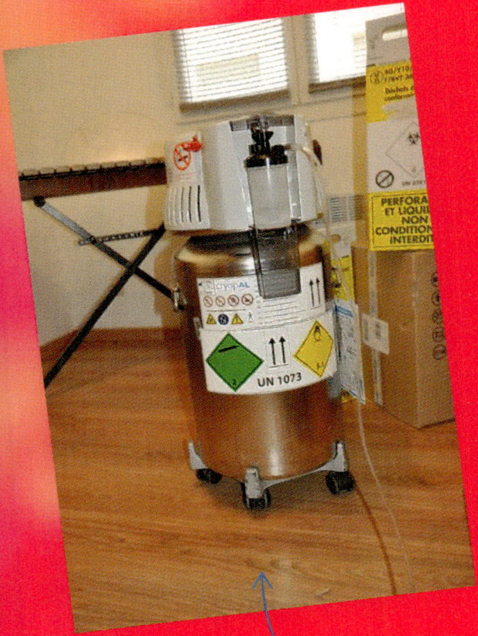

Cuve d'oxygène (Autonomie une semaine)

Portable à oxygène (Autonomie 6h)

Remplissage du portable

Cure antibiotique
4 perfusions/jour

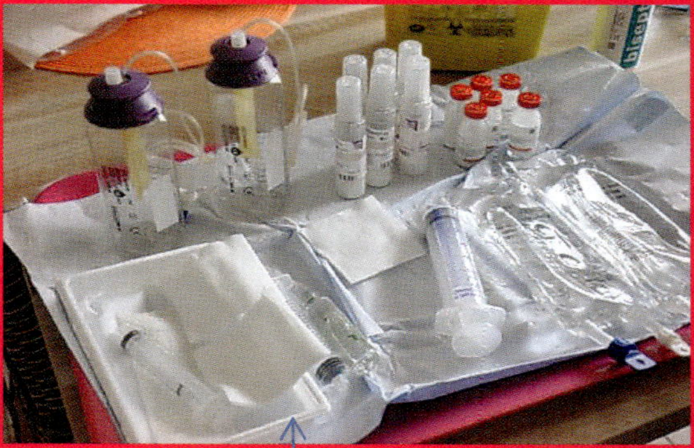

Plateau pour
l'infirmière

Diffuseur
d'antibiotique

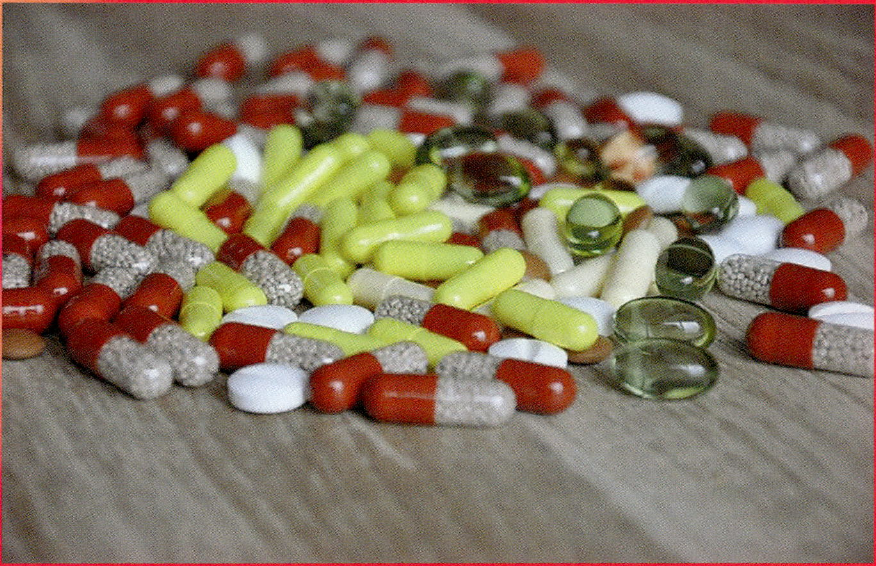

Une semaine de traitement !

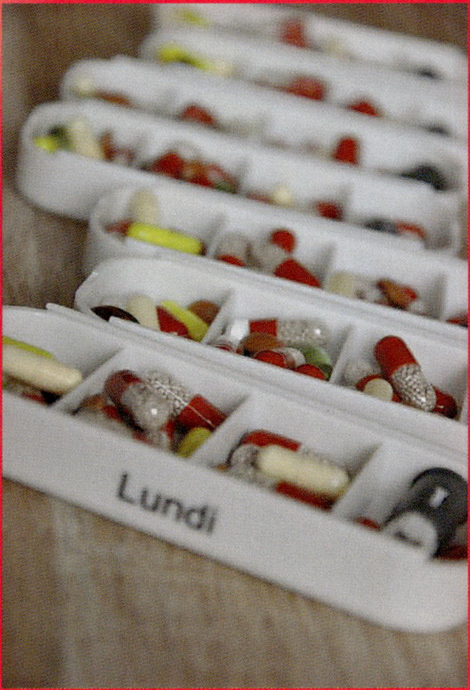

Contrôle de la glycémie
(Taux de sucre dans le sang)

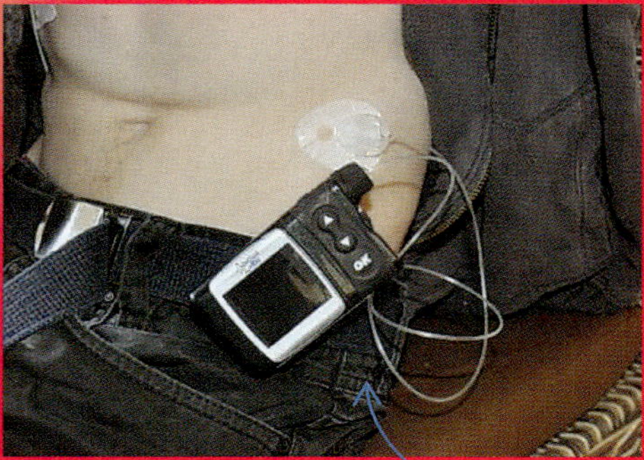

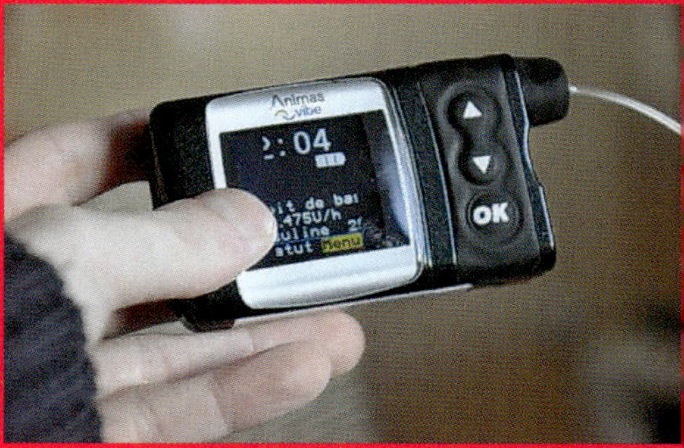

Pompe à insuline en continu 24h/24h

LES VIRADES DE L'ESPOIR

Depuis bien longtemps l'association Vaincre la Mucoviscidose se mobilise pour faire avancer la recherche, améliorer le quotidien des malades, mais aussi et surtout pour sensibiliser le maximum de personnes à la Mucoviscidose.

C'est dans ce but qu'ont été créées les Virades de l'Espoir. Organisées chaque année le dernier week-end de Septembre, ces manifestations permettent à l'association de récolter le maximum de fonds.

La première Virade date de 1985 à Romagnat, une petite ville d'Auvergne, où quinze mille euros avaient été récoltés à l'époque.

Aujourd'hui ce ne sont pas moins de cinq cent Virades organisées chaque année à travers tout le pays, pour un peu plus d'un million de participants.

C'est en Septembre 2001 que mes parents décident d'entreprendre eux aussi à Bruay-la-Buissière, l'organisation de cette manifestation.

Au départ, cela paraissait assez fou d'organiser un tel évènement : d'abord parce qu'à l'époque les médias ne parlaient pas autant de la Mucoviscidose, mais aussi et surtout parce qu'organiser une telle manifestation demande beaucoup de préparations.

Mes parents décident alors d'en parler autour d'eux et c'est une équipe de vingt bénévoles qui voit le jour.

Parmi eux, des membres de la famille et des amis. Chacun se voit attribuer un stand. Il y a la traditionnelle pêche aux canards, le stand maquillage, le jeu de fléchettes ou encore la restauration.

Les Virades de l'Espoir ressemblent en réalité à une kermesse. A l'époque, on compte tout au plus six ou sept stands présents durant la journée.

Aujourd'hui, les Virades que nous organisons ont bien changé.

Derrière nous, ce ne sont plus vingt, mais soixante-cinq bénévoles qui ont rejoint notre cause.

Soit trois fois plus qu'à l'époque. Il y a, comme aux premiers jours, la famille, les amis, mais aussi et c'est une nouveauté ; des personnes directement concernées par la maladie.

Car ces manifestations sont aussi l'occasion d'échanger et de faire connaissance avec d'autres malades de tous âges et de tous horizons.

Ce genre de mobilisation demande au minimum une année de préparation et une forte implication de la part de tous. C'est pourquoi il a été décidé, à Bruay la Buissière, de les réaliser seulement une fois tous les deux ans.

Chacun a son rôle et ses responsabilités ce jour-là. On est loin de l'organisation des débuts.

Philippe, mon père, s'occupe depuis toujours de la logistique, la sécurité et de l'organisation en général. C'est avec un œil de professionnel qu'il gère au millimètre la manifestation.

Ma mère, quant à elle, en est officiellement la présidente. C'est elle qui est en charge des demandes concernant la préfecture, les subventions, la publicité ...

Il faut tout de même avouer, et j'insiste sur ce point, que la municipalité nous a toujours soutenus, dans ce combat qui est devenu, en quelques années, un rendez-vous phare de solidarité à Bruay-la-Buissière.

Inutile de vous dire combien je suis attaché à cette manifestation. Pour ma part, c'est tout naturellement que je m'occupe de la relation avec les médias.

Objectif majeur pour moi: sensibiliser le plus grand nombre de personnes extérieures au combat en témoignant de mon vécu et de mon quotidien.

Je précise qu'il est avant tout question de véhiculer un message d'espoir et de lutte acharnée.

Nous sommes début Août 2012, un mois nous sépare alors de la manifestation.

Les affiches publicitaires, les cartons d'invitation ainsi que les divers dépliants réalisés pour l'occasion ont été imprimés.

Un maximum de personnes doit pouvoir y avoir accès, c'est pourquoi nous n'hésitons pas à les distribuer et à les placer chez les divers commerçants de la ville.

C'est aussi l'une de mes missions.

Certains comprennent notre combat et acceptent volontiers de jouer le jeu, d'autres non, bien que la raison m'en échappe encore.

Devant ce refus, je ne peux être que révolté.

Ce n'est pas parce que ces personnes ne sont pas directement concernées par la maladie qu'elles ne le seront pas un jour.

Peut-être que leurs enfants, leurs petits-enfants seront un jour atteints de Mucoviscidose. Et je serais bien curieux de voir quelle sera alors leur réaction face à l'annonce de la maladie à ce moment-là.

Ce manque de générosité et de compréhension me déçoivent particulièrement.

Heureusement, la mobilisation des Bruaysiens est plus que remarquable.

Ce porte-à-porte n'est tout de même pas suffisant. Et à ce problème, j'ai ma solution.

Depuis quelques temps, une idée me trotte dans la tête. Ayant rencontré un certain nombre de personnalités depuis quelques années, je sais combien leur soutien peut influer considérablement le grand public et le sensibiliser.

L'une de mes dernières rencontres « peoples » date de quelques mois. Le journal la Voix du Nord m'a permis de rencontrer la comédienne Marion Game, plus connue sous le nom d'Huguette, un des personnages de la série culte de M6 « Scènes de ménage ».

L'entretien a peut-être duré une vingtaine de minutes, l'occasion pour moi de glisser un mot sur les Virades et la Mucoviscidose, en toute fin d'interview.

Je repense à notre rencontre et me vient alors une idée : Pourquoi ne lui demanderais-je pas de nous aider en nous apportant son soutien?

Après réflexion, je décide d'écrire une lettre à la comédienne en lui évoquant mon parcours, mes ambitions, mes craintes et mes espoirs.

Je lui explique en quelques mots mon traitement et les divers soins que m'impose la maladie au quotidien. Les semaines passent et je n'ai toujours pas de réponse. Je pense qu'il est préférable d'oublier le projet, j'imagine que Marion Game doit recevoir des centaines de lettres par jour, alors pourquoi me répondrait-elle ? Et surtout pourquoi accepterait-elle de nous aider ?

Un soir mon téléphone sonne :

« Geoffrey, c'est maman, j'ai eu un coup de téléphone de l'actrice Marion Game, elle souhaite t'écrire, je me suis permis de lui donner ton adresse. Elle m'a dit que tu lui avais adressé une lettre...
- Oui, c'est vrai. Tu as bien fait, c'est génial ! Je suis content !
- Pourquoi lui as-tu écrit ?
-J'ai un projet personnel... Rien de bien important, ne t'inquiète pas ».

Je ne souhaite pas en dire plus pour le moment.

Nous sommes début Septembre lorsqu'une lettre de la région parisienne m'est adressée.

Dimanche 02 Septembre 2012

Cher Geoffrey,

Si je réponds si tardivement à votre courrier, c'est que le service de « Com » d'M6 vient seulement de me le communiquer.

Notre rencontre m'avait beaucoup touchée.
Face à la maladie dont vous êtes victime, vous montrez un courage, une détermination digne de respect et d'admiration.

Comment puis-je participer à votre projet, en Septembre…
Je suis tellement coincée parmi mes engagements professionnels…

Après un mois de vacances (Août), je reprends du service avec « Scène de ménage » tout en commençant les répétitions pour une grosse tournée théâtrale à travers la France, la Belgique et nous commençons le 22 Septembre, et ensuite j'oscillerai entre les tournages, et le théâtre.

Comment vous aider ? N'hésitez pas à me téléphoner... Merci pour votre article, je le garde en souvenir.

Je vous embrasse.

Marion Game

Je n'en reviens toujours pas :

La comédienne accepte de nous aider et nous apporte son soutien pour les Virades.

Après quelques échanges téléphoniques, Marion Game me propose de venir passer une journée à ses côtés sur le tournage où elle enregistre la série, en région parisienne.

Cette rencontre sera l'occasion de discuter et de réaliser une vidéo de soutien contre la Mucoviscidose, que nous diffuserons par la suite sur Internet. Notre entrevue est programmée le 13 Septembre 2012, soit dix-sept jours avant notre manifestation. Nous voici donc partis direction Paris, où nous attend l'équipe de tournage.

Après deux heures et demie de route, nous arrivons enfin en Plaine Saint Denis. J'aperçois alors de grands bâtiments où sont enregistrées la plupart des émissions de télévision.

Nous sommes accueillis dès notre arrivée par Lorie, la responsable de communication. L'ambiance est chaleureuse et cela nous met tout de suite à l'aise.

Avant d'entrer sur le plateau principal, Lorie nous donne quelques consignes.

La porte s'ouvre discrètement et nous voilà plongés dans le salon d'Huguette et Raymond, le couple phare de la série. Je jette un œil discret à Marion, en plein travail. La prise terminée, la comédienne se dirige vers nous :

« *Bonjour Geoffrey, Comment allez-vous ?*
- *Bien, bien, merci beaucoup de nous recevoir Marion, nous sommes très touchés par votre soutien !*
- *Aucun souci, je suis bien heureuse de pouvoir vous aider moi aussi. Prenez place, allez-y, faites comme chez vous, mettez-vous à l'aise.* »

A peine le temps de me parler que Marion doit repartir pour une nouvelle prise.

Après cet entretien rapide, c'est au tour de Gérard Hernandez en personne de venir nous saluer.

Je suis surpris par la gentillesse et la simplicité avec lesquelles il nous accueille.

« Bonjour, je m'appelle Geoffrey, je fais partie de l'association Vaincre la Mucoviscidose, merci beaucoup de nous recevoir, c'est très gentil de votre part !

- C'est un honneur aussi, j'ai eu l'occasion de faire quelques opérations contre la mucoviscidose... Il n'y a aucun souci pour nous, vous savez. Vous êtes les bienvenus. »

Nous nous installons maintenant aux côtés du metteur en scène de la série.

« Silence s'il vous plaît, je demande moteur, pas un bruit merci, c'est action ! »

L'ambiance est plutôt détendue sur le plateau, et nous faisons la connaissance de toute l'équipe présente : accessoiriste, coiffeur, metteur en scène…

En m'invitant sur le tournage de la série, Marion avait réalisé sans le savoir, l'un de mes rêves les plus fous. Je suis un passionné des médias, des tournages, et des enregistrements télévisuels.

Les différentes scènes de la série s'enchaînent. Entre deux prises, Marion revient me voir et m'explique petit à petit son métier.

Elle est une grande passionnée pour son métier. Elle m'apparaît comme une travailleuse acharnée qui ne « ménage » pas ses efforts, sans vouloir jouer sur les mots.

Très vite, une réelle complicité se crée : peut-être le début d'une belle amitié ?

Midi approche déjà et l'équipe nous invite à déjeuner.

Ce repas sera l'occasion pour moi de faire plus ample connaissance avec la comédienne, qui n'hésite pas à me poser quelques questions sur la maladie et sur la manière dont je la vis chaque jour :

« *Vous la vivez vraiment comme ça au quotidien, avec le sourire ?*
- *Oui, je n'ai pas le choix, c'est la vie. Le sourire c'est l'espoir. Je dois le faire pour tous ceux qui m'entourent, c'est important de se battre.*
- *En tous cas Geoffrey, je suis admirative de votre*

combat et vraiment je suis de tout cœur avec vous. Ne changez rien du tout !
- Merci beaucoup, je suis très touché. »

Nous discutons autour de notre repas.

Je profite pleinement de ce moment privilégié avec l'équipe, dont je suis fier de pouvoir partager la table.

Après une vingtaine de minutes passées à la cantine, il est temps de réaliser l'interview de soutien. Il faut faire vite avant que le tournage ne reprenne.

Nous nous dirigeons donc vers la loge de Marion. C'est là que l'attend un énorme bouquet de fleurs à son attention, signe de mon remerciement.

Marion semble surprise par cette délicatesse et m'embrasse, les larmes aux yeux.

Je ne peux oublier ce moment court, mais tellement symbolique pour moi.

Elle décide alors d'appeler Gérard Hernandez pour témoigner à ses côtés.

Geoffrey : *Gérard Hernandez, Marion Game*
Bonjour, merci de nous recevoir ici en plaine Saint-Denis,

Gérard Hernandez : *C'est nous qui vous remercions de venir dans notre humble demeure.*

Geoffrey : *Merci en tout cas de nous témoigner votre soutien pour Vaincre la Mucoviscidose et pour les Virades de l'Espoir, qui ont lieu ce dimanche 30 Septembre 2012 partout en France.*
La première question que j'ai envie de vous poser : pourquoi accepter de nous soutenir ?

Gérard H : *Ce qui serait intéressant de nous demander, c'est pourquoi certains ne vous soutiennent pas, parce que je trouve que c'est tout à fait normal.*

Marion G : *Oui, tout à fait évident,*

Gérard H : *Regardez : nous faisons un métier qui nous est agréable. Si on ne pense pas aux autres, c'est un crime.*

Marion G : *Oui, surtout aux malades, parce que c'est une maladie tellement injuste. Enfin, comme toutes les maladies ; mais celle-là est tellement violente que nous sommes obligés de vous soutenir.*

Geoffrey : *Justement, connaissiez-vous les Virades et la mucoviscidose auparavant ?*

Gérard H : *J'ai eu l'occasion de faire des galas pour cette cause.*

Geoffrey : *Les Virades de l'Espoir sont symboliques, puisqu'il faut donner du souffle à ceux qui en manquent pendant une journée.*
J'aurai aimé savoir si vous étiez de grands sportifs ?

Marion G : *A nos âges, ce n'est pas évident ! Ce que nous pourrions dire, à la rigueur, c'est que nous ne manquons pas d'air ! Mais en tout cas, nous soutenons ô combien cette opération* !

Geoffrey : *Lorsque la mucoviscidose décline, on parle de greffe pulmonaire. Je voulais connaître votre point de vue sur le don d'organe ?*

Marion G : *C'est une obligation maintenant. C'est indispensable. Je veux dire : si on a la chance de donner un de ses organes quand on disparaît...*

Gérard H : *Moi, je suis prêt à tout donner mais ce n'est pas une bonne affaire... (sourire aux lèvres)*

Geoffrey : *Pour terminer, j'aime une citation du dieu Théocrite qui un jour a dit :*

« Tant qu'il y a de la vie, il y a de l'espoir », que pensez-vous de cette citation ?

Gérard H : *Bein bien sûr l'espoir c'est important. Tant que l'on est en vie, il faut se battre.*

Marion G : *Oui. Et en plus je pense que les gens malades ont encore plus de volonté, de courage. Ils foncent beaucoup plus que les gens qui sont en bonne santé et qui ne se rendent pas compte de leur chance. L'espoir est - donc un mot qui correspond plus aux malades ! Vous êtes vous-même concerné, atteint par cette maladie. Vous êtes quelqu'un de tellement souriant, de dynamique dans la vie, que l'on ne peut pas imaginer que vous trimbaliez cette saloperie. On ne peut pas le croire !*
Vous êtes -comment dire; le symbole même de la vie, alors évidemment tant qu'il y a de la vie, il y a de l'espoir.

Gérard H : *Je crois qu'elle est amoureuse de vous !* (sourire)

Geoffrey : *Raymond a du souci à se faire !*

Marion g : *Non mais c'est vrai, vous êtes typiquement le symbole de cet espoir…*

Geoffrey : *En tout cas, je vous remercie de nous avoir accordé cet entretien.*
Aurez-vous une pensée pour nous ce jour-là ?

Mario G : *On pensera à vous ! Et je peux vous dire que je ne pense qu'à vous, depuis notre première rencontre. Vous êtes plein d'espoir et une belle leçon de courage. Quelle leçon, quelle leçon !!!!* (émue).

Notre entretien a été magique. Ce qui m'a le plus marqué est probablement, l'engagement sincère des deux acteurs.

Mais j'étais loin, très loin à ce moment-là d'imaginer que cette rencontre n'était que le début d'une très belle amitié entre Marion Game et moi.

Nous repartons ensuite sur le plateau pour terminer la journée de tournage.

Lorie, l'assistante, en profite pour nous proposer une visite complète du studio. Nous découvrons alors les différents décors de la série. Je suis l'un des rares Français à pouvoir le faire, et m'aperçois alors de la chance qui m'est offerte.

Je me place de nouveau sur le petit tabouret qui m'attend aux côtés du metteur en scène. Marion et Gérard se préparent de leur côté.

L'enregistrement commence et les scènes se succèdent. Sur le plateau, quelques fous rires, un mélange de bonne humeur et de fatigue sans doute.

Il est quasiment dix-huit heures et le clap de fin est annoncé pour l'ensemble de l'équipe.

Il est temps pour nous de reprendre la route. Retour dans le Pas-de-Calais prévu pour vingt-et-une heure. Je ne suis pas prêt d'oublier cette journée, magique à mes yeux.

Il me reste désormais moins de quinze jours pour mobiliser les internautes grâce à notre vidéo.

Après une bonne nuit de sommeil, je décide de m'attaquer au montage de notre interview.

Après trois longues heures de travail, la vidéo est enfin postée sur le web. Mais un coup de téléphone me stoppera net.

« *Geoffrey ?*
- *Oui ?*
- *Bonjour, c'est Marion Game, je voulais juste vous dire que j'ai été ravie de vous voir sur Paris. Vous êtes vraiment quelqu'un d'exceptionnel, vous avez un bagou, une présence bref, franchement, je pense à vous depuis hier.*
- *C'est très gentil Marion, merci en tout cas pour votre gentillesse et votre soutien, je peux me permettre de vous tutoyer ?*

- *Sans souci, tu as mon numéro de téléphone, n'hésite surtout pas. Si je ne te réponds pas, tu me laisses un message et je te rappellerai. Prends soin de toi et je penserai bien à toi le jour des Virades, gros bisous Geoffrey, je t'embrasse. »*

Décidément, Marion a bel et bien été bouleversée par notre rencontre. Je suis certain que son soutien comptera énormément pour notre Virade.

Les jours passent et se ressemblent presque, partagés entre les mails, les coups de téléphone et les interviews pour la presse. Je commence à être fatigué par ce rythme infernal, mais je ne dois pas relâcher.

Cette Virade est en réalité très particulière pour la famille, puisque ma grand-mère maternelle est hospitalisée depuis quelques semaines.

Son état clinique est jugé sérieux, mes parents doivent donc jongler avec les allers-retours entre leur domicile, l'hôpital et les préparatifs de la manifestation.

Dimanche 30 Septembre 2012, le jour se lève, il est à peine six heures.

C'est le grand jour. Je me sens tout excité à l'idée de participer à ma septième Virade.

Ma sœur Angélique et mon beau-frère Cédric ont dormi chez moi cette nuit. Habitant à une trentaine de kilomètres, je leur ai proposé de venir passer la soirée à la maison, histoire de se retrouver… Une soirée plus que bouleversante. Nous avons longuement discuté des Virades et de la maladie en général.

Cet échange me fera alors prendre conscience qu'Angélique souffre moralement de la maladie dont je suis atteint.

Elle me confiera avoir peur de me perdre. Ces paroles sont difficiles pour moi.

Angélique et Cédric sont bouleversés par le combat que je mène chaque jour.

Jamais ils ne m'en avaient parlé jusqu'à présent. Leurs conseils m'ont toujours été précieux :

C'est eux qui, aux côtés de mes parents, ont trouvé les mots pour me réconforter en 2005, à la découverte de mon diabète foudroyant, en 2009 alors que je rentrais dans une phase de dépression suite à ma lourde scolarité, et en 2012 pour surmonter mes problèmes sentimentaux.

Aujourd'hui ils sont parents d'une petite fille, Linoa, dont je suis l'heureux parrain.

Linoa est mon plus beau cadeau, ma plus grande fierté. Mais ce qui me touche le plus est sans doute le fait que cette adorable petite fille soit en excellente santé. Et rien n'est plus important à mes yeux que la santé de ma filleule.

Après un rapide petit-déjeuner, nous prenons la route, direction Bruay-la-Buissière, le lieu des Virades.

A notre arrivée, la plupart des bénévoles ont déjà pris les commandes de leur stand. Je salue chaque personne présente et ce qui me marque le plus est avant tout l'enthousiasme de tous.

Chacun a le sourire, journée d'Espoir oblige. C'est aux alentours de huit heures trente qu'arrivent les premiers marcheurs.

Chaque année, nous organisons deux parcours de marche différents. Il n'est en aucun cas question de faire la course, juste donner symboliquement du souffle à ceux qui en manquent.

Parmi les fidèles marcheurs, j'aperçois Jean-Luc, Claude ou encore Christophe, proches de mes parents.

Un peu plus loin Brigitte, Jean-Michel et Nathalie me font un signe. Il s'agit de mes proches amis. Leur présence ce jour me touche beaucoup.

Après avoir réuni l'ensemble des marcheurs, une petite photo souvenir s'impose.

Nous posons tous ensemble, côte à côte, avec fierté et bonne humeur.

A peine le temps de poser devant l'objectif que mon téléphone sonne de nouveau.

J'aperçois le numéro de téléphone de Marion, je décroche sans tarder avec un immense bonheur !

« *Bonjour Geoffrey, c'est Marion comment vas-tu ?*
- *Bonjour Marion, je vais bien et toi ?*
- *Je vais plutôt bien merci, je suis dans le train pour partir à la représentation théâtrale, je souhaitais simplement t'apporter mon soutien pour les Virades: je pense beaucoup à toi et à tous les bénévoles qui sont à tes côtés. Je suis vraiment de tout cœur avec vous…*
- *C'est super gentil Marion, je suis touché !*
- *J'espère que mon appel te fait plaisir, en tout cas de mon côté je vais prendre la parole après la représentation pour parler des Virades et de notre rencontre, et je mobiliserai à ma manière les gens sur la Mucoviscidose…*
- *C'est remarquable, merci du fond du cœur !*
- *Allez je t'embrasse, prends soin de toi, profite de ta journée et on se tient au courant, bisous Geoffrey !* »

La matinée passe très vite. Beaucoup de personnes viendront me saluer et prendre de mes nouvelles. Il faut dire que les Virades sont pour eux l'occasion de voir mon évolution.

Il est presque midi lorsque ma mère se décide à prendre la parole, debout sur le podium.

Elle est accompagnée de monsieur le maire ainsi que de quelques élus de la commune qui, comme chaque année, assistent à la manifestation.

A cet instant précis, je me trouve derrière l'estrade et me prépare à prendre la parole à mon tour. Je suis concentré.

Cette année, j'ai décidé de réaliser une conférence en expliquant personnellement la maladie et mon vécu.

Chaque année, nous faisons appel à des professionnels de santé, des pneumologues essentiellement qui témoignent de l'avancée de la recherche. L'idée de témoigner sur mon vécu m'est venue au début du mois de mars.

A l'époque, je me dis que je suis le mieux placé pour témoigner.

Devenu adulte, j'aimerais vraiment faire prendre conscience d'une certaine réalité, notre réalité. Celle de milliers de malades obligés de se battre chaque jour pour vivre.

Un seul mot à lui seul peut résumer ma conférence : l'Espoir.

Je réalise déjà quelques prises de parole dans l'année en milieu scolaire, dans les collèges et les lycées, ainsi que dans les écoles d'infirmières, alors pourquoi ne pas le faire en ce jour particulier ?

Aujourd'hui, je prends donc la parole pour la première fois devant tous les bénévoles et j'en suis réellement ému. Pour l'occasion, j'ai réalisé un spot audio. Une fois celui-ci diffusé nous arrivons, mon amie de l'époque et moi-même, sous les applaudissements de toute la salle.

« *Bonjour à tous, nous sommes très heureux de témoigner aujourd'hui devant vous tous. Vous êtes pour la plupart bénévoles à la Virade et je tenais personnellement à témoigner sur ce que la maladie m'impose au quotidien.* »

Pendant cette conférence, j'explique les différents soins imposés par la maladie. Les traitements, les séances de kinésithérapie, les séances d'aérosol ou encore les fameux bilans annuels.

Pour faire prendre conscience de la gravité de la maladie, j'ai réalisé un petit atelier qui me semble très parlant.

Devant moi, des petites bouteilles d'eau de cinquante centilitres chacune.

Il y en a dix au total. Face au public, je divise la totalité en deux groupes, avec d'un côté huit bouteilles, de l'autre deux.

Le premier groupe de huit représente au total quatre litres d'eau: c'est à peu près le volume respiratoire d'une personne de vingt-cinq ans en bonne santé.

Le second groupe, représente quant à lui un litre d'eau, soit la quantité qu'il me reste aujourd'hui comme capacité respiratoire.

Comprenez qu'il ne me reste pour respirer que 25% de ce que je devrais logiquement avoir.
La démonstration est sans appel, et dans la salle le silence est total. Inutile de commenter d'avantage, la démonstration à elle seule en dit long sur l'état de mes bronches.

Difficile pour moi de courir, de porter de charges lourdes : le simple effort m'essouffle.

Les gens qui me côtoient savent que je suis une personne joviale, sympathique, qui ne se plaint jamais.

Ils ne réalisent peut-être pas l'invalidité de la maladie dans mon quotidien.

Je dis souvent qu'il faut le vivre pour comprendre. Mon discours sonne aujourd'hui comme une réalité violente.

Pour conclure cette conférence, je décide de parler avec mon cœur, tout simplement :

« *Je terminerai ma conférence par une citation du Dieu Théocrite qui un jour a dit,*

« *Tant qu'il y a de la vie, il y a de l'espoir* ».

Aujourd'hui, je suis très ému puisque je suis en vie. J'ai beaucoup d'espoir et je voulais simplement remercier chacun d'entre vous. Je n'ai jamais eu l'occasion de le faire auparavant, alors mille mercis pour votre présence et votre formidable soutien dans ce combat qui est le mien. Et je peux juste vous dire que je suis certain qu'un jour nous vaincrons ensemble cette Mucoviscidose. Je suis très ému, merci de fond du cœur. Je vous aime tous très fort. Merci, sincèrement… »

Les applaudissements du public se feront sur la musique « The winner Takes it all » de mon groupe préféré Abba.

La standing ovation dure pas moins d'une minute. Je ne peux à cet instant retenir mes larmes, je craque et c'est un moment magique à mes yeux. Ces applaudissements me vont droit au cœur, ils sont comme un remerciement pour mon combat. Un peu comme une fierté après toutes ces épreuves difficiles traversées depuis de nombreuses années.

Place maintenant à un « questions-réponses » avec le public.

L'entretien durera environ une vingtaine de minutes. Toutes les questions me sont alors posées, je n'ai aucun tabou.

Scolarité, sexualité, situation professionnelle ou encore greffe pulmonaire.

Après cet échange, je décide de saluer le public et réponds à quelques questions de journalistes venus couvrir l'événement.

Des jeunes malades me demandent de poser avec eux. Suis-je réellement devenu symbole d'espoir ? Toujours est-il que le message est bien passé.

J'aperçois au loin Georges, mon grand-père paternel, qui me fait signe d'avancer vers lui. En m'approchant, je découvre un homme en larmes, sensible au discours de son petit-fils :

« *On est très fiers de toi, tu nous laisses sans voix ! Bravo mon garçon !*
On t'aime très fort, il faut se battre jusqu'au bout... »

Je suis très ému par ces quelques paroles et ne peux m'empêcher à cet instant de penser à ma grand-mère maternelle. Son absence en ce jour me bouleverse. Je dois garder le sourire : les Virades sont des manifestations d'espoir et de lutte, alors pas le droit de craquer. Je le ferai plus tard.

L'après-midi est avant tout festif:

Des musiciens, des danseuses, des magiciens assureront son animation.
Je suis percussionniste depuis mes sept ans, et je suis doué pour un instrument en particulier : le xylophone.

C'est pourquoi j'ai demandé cette année encore à mes amis musiciens de venir à mes côtés pour jouer quelques morceaux.

A chaque Virade, je peux compter sur la présence de Jean-Louis, mon professeur de percussions et ami de toujours, et de mes deux grands camarades, Anicet et Amaury.

Nous avons fait de la musique ensemble pendant quelques années et nous ne nous voyons que très rarement, je dirais une ou deux fois dans l'année, mais c'est toujours avec la même sympathie qu'ils acceptent mon invitation.

S'il y a un morceau dont je suis le plus grand fan, c'est bien Circus Renz, très connu en Allemagne. Il est devenu en quelques années l'hymne incontournable de notre Virade.

Il nous a donc semblé tout à fait logique de l'interpréter en cette occasion spéciale.

L'après-midi se déroule comme prévu et le monde arrive progressivement.

Dans la salle, environ deux cent personnes présentes. Durant la journée, j'en ai peut-être salué trois cents. Je retourne maintenant au stand que j'ai confectionné pour l'occasion. Je l'ai appelé « la photo de l'Espoir ».

Comme son nom l'indique, il s'agit de réaliser une photo souvenir de la manifestation. Petits et grands se succèdent donc devant le décor réalisé pour l'occasion pour repartir avec leur photo. Deux euros, un tarif purement symbolique.

Mais comme on le dit souvent, ce sont les petites rivières qui font les grands fleuves. Quant au spectacle il continue, toujours aussi riche chaque année...

Vers dix-huit heures trente, je décide de remballer mon stand. Je suis très fatigué. La journée a été épuisante et je commence à être essoufflé.

J'en profite d'ailleurs pour prendre une petite pause et m'asseoir sur une chaise, histoire de récupérer un peu.

Cette journée aura été magique à mes yeux. D'abord parce que l'objectif de mobiliser un maximum de personnes a été atteint, j'ai sans doute réalisé l'une de mes plus belles conférences aujourd'hui.

Les gens semblent avoir saisi à quel point il était important de se mobiliser. Mais aussi et surtout parce que ma famille et mes amis ont encore répondu présents cette année, à mes côtés.

Avec l'âge, je réalise combien cette solidarité est importante à mes yeux. Je suis heureux, le plus heureux des malades sans doute. La vie est belle.

Courte, mais belle. Rien n'est plus important que d'y croire, toujours et encore.

Ma vie est un combat de tous les instants,

un combat de la vie,
un combat de l'amour,
un combat contre la mort.

Cette virade a sans doute été l'une des plus belles que nous ayons organisées jusqu'à présent.

Seize mille euros auront été récoltés durant cette seule journée de mobilisation. Un chiffre encourageant donc, symbole de cette générosité.

Le Nord Pas-de-Calais, terre de solidarité et de générosité qui le caractérisent si bien depuis longtemps, l'a encore prouvé ce jour-là.

André Malraux a écrit un jour:

« L'Espoir des Hommes, c'est leur raison de vivre et de mourir ».

Mon seul espoir aujourd'hui est la guérison, cet espoir si fort qui fait tant ma raison de vivre. C'est cet espoir qui fait ce que je suis aujourd'hui. Famille et amis ont fait de ma vie ce combat acharné…

Notre Virade vient à peine de se terminer que je pense déjà à l'organisation de la suivante.

Toujours plus grande, toujours plus belle, toujours plus forte.

Finalement, c'est ça qui fait le combat, cette énergie collective et solidaire, où le mot Amour prend tout son sens…

JUSTE POUR TE DIRE « MERCI » !!!

L'amour est une force m'avait-on dit un jour. Rien n'est plus beau que de partager la vie de quelqu'un, et j'en conçois réellement l'idée. J'ai longtemps cherché la fille parfaite, et je pensais l'avoir trouvée à travers sa personnalité. L'amour est le seul domaine où il n'existe aucune assurance. Nul ne peut garantir sa fiabilité, sa longévité, sa solidité.

Je suis réellement tombé amoureux de cette fille qui, par son vécu et sa sympathie, m'avait totalement séduit à l'époque.

Alors que nous vivions une histoire magnifique, tout a basculé le jour où elle est partie.

Sans aucune explication, sans aucune raison, elle décide un matin d'Automne de mettre fin à notre relation après trois ans d'amour.

Je n'ai alors pas compris ce qui m'arrivait et me retrouvais seul, bien seul face à cette maladie dont j'avais quasiment oublié l'existence.

Notre première rencontre remonte à Décembre 2009. Je dois à l'époque témoigner dans une école d'infirmières aux côtés de ma maman sur le vécu de la maladie au quotidien. Nous organisons diverses conférences comme celle-ci, dans les collèges, les lycées, et autres écoles de la région. Je me souviendrai toujours de cet amphithéâtre dans lequel nous avons réalisé la conférence.

La gent féminine était plus que représentée, et c'est donc tout naturellement avec une énergie positive et un sourire charmeur que je pris la parole. Notre intervention a peut-être durée trois-quart d'heure.

Ma sympathie et mon humour feront rire toute la promotion. Je taquine dans mes réponses, je séduis dans mes propos, autant vous dire que je travaille aussi bien le fond que la forme.

Après avoir expliqué mon parcours, mon combat, ma maladie, les étudiants décident de nous poser diverses questions. Notre intervention s'achève sous les nombreux applaudissements.

Les jours, les semaines et les mois passent…

Un jour, elle et moi nous retrouvons bêtement sur Internet, nous échangeons et nous décidons aussitôt de nous voir quelques jours plus tard. C'est le début de notre histoire.

Cette belle histoire qui rythmera trois ans de ma vie. Suite à notre rencontre tout s'enchaîne très vite. Quatre mois à peine nous séparent de cette première rencontre que nous décidons de partir en vacances ensemble.

La vie est belle, très belle.

Loin des soucis, nous profitons comme le ferait tout jeune couple de notre âge. Nous voyagerons beaucoup pendant notre relation et visiterons de nombreuses villes parmi lesquelles la principauté de Monaco, Nice, Cannes, St Tropez, ou encore la jolie ville d'Antibes.

Je lui fais découvrir l'univers des médias, cet univers que je connais depuis longtemps, et nous assisterons d'ailleurs ensemble à l'enregistrement de quelques émissions de télévision. Elle découvre alors cet univers magique et plein de paillettes, nouveau pour elle.

Au fil du temps, notre relation devient de plus en plus complice. Nous envisagerons donc de nous installer en couple, dans un appartement près de Béthune. Notre premier « chez nous », nos premiers projets.

C'est en Septembre 2011 que nous prendrons officiellement notre envol.

Cette nouvelle vie est plutôt agréable. Notre quotidien s'organise entre le combat contre la maladie et la vie classique d'un jeune couple. Mais comme dans toute relation amoureuse, il y a des bons et des mauvais moments. Des disputes, des jalousies, des incompréhensions… Cette situation ne nous empêchera tout de même pas de projeter un mariage l'année suivante.

Nous déciderons de fixer la date de notre union le 27 Juillet 2013. Une date plus que symbolique, puisqu'elle marque la découverte de ma mucoviscidose vingt ans plus tôt, le 27 Juillet 1993.

Nous voici donc lancés dans les préparatifs du mariage. Je suis à l'époque le plus heureux du monde et profite de ce bonheur quotidien.

Nous projetterons même une grossesse. Nous entamerons les démarches auprès de l'équipe médicale de Lille, qui nous accompagnera dans ce projet.

Je me lancerai dans une série d'examens plus ou moins douloureux, plus ou moins faciles à vivre psychologiquement.

Mais nos projets et notre amour ne sera pas assez fort pour résister aux disputes qui s'enchaînent de plus en plus et laissent place à une routine, cette routine qui prendra le dessus et finira par nous éloigner.

Tout bascule violemment en Novembre 2012, quand elle décide de partir et de mettre fin à la relation. Je viens de perdre ma grand-mère maternelle et souffre terriblement de ce décès survenu brutalement quelques semaines auparavant.

Elle ne montrera aucun sentiment et me laissera seul face à ce deuil. Je suis alors partagé entre déception, souffrance et interrogations.

Son départ est une épreuve difficile à vivre pour moi.

Ce qui est le plus dur est sans doute de voir tout cet investissement personnel partir en fumée. Tous nos projets s'envolent.

J'annulerai seul ce mariage que nous devions célébrer quelques mois plus tard. Une union qui représentait tant à mes yeux.

J'annulerai seul encore, et c'est peut-être là le plus dur pour moi, le projet de grossesse programmé avec l'équipe médicale de Lille depuis plus d'un an. Les examens ont été si difficiles et si douloureux qu'il me sera impossible de le faire de vive voix.

Je demanderai alors à l'équipe médicale qui me suit pour la Mucoviscidose de le faire en mon nom. Ce projet de grossesse était pour moi un projet si important.

Rien n'est plus beau que de donner la vie, surtout quand on est atteint par une pathologie aussi difficile que la mienne.

Je recevrai quelques semaines plus tard le soutien du chirurgien en charge de notre projet. Un soutien de taille.

Je me retrouve alors seul face à la réalité, seul face à la maladie, seul encore et c'est là le plus dur à mes yeux ; face au récent décès de ma grand-mère. Je piétine, je tourne en rond dans cette grande maison, perdu et désorienté par cette soudaine situation.

Son absence m'est insupportable dans les premiers temps. Je me demande comment cette situation est possible.

J'ignore pourquoi ou pour qui elle est partie.

En quelques jours, je décide de faire mes premiers cartons, remballer tous ces souvenirs. Jean-Louis, mon ami, nous aidera d'ailleurs à organiser le déménagement, prévu deux jours à peine après notre séparation.

Je pleure beaucoup dans les premiers temps, vidé par cette situation qui devient de plus en plus insupportable.

Je n'ai pas vraiment le choix de faire face aux nombreuses insultes, et aux critiques de plus en plus acerbes.

Moi qui n'ai jamais travaillé, qui ai jamais gagné d'argent de ma vie, moi qui ai toujours profité de la maladie pour gagner la pitié de tous, moi qui ne suis qu'un enfant pourri-gâté moi qui, finalement, n'ai aucun sens de la vie, de l'argent et des réalités…

Les mots me sont d'une telle violence que je décide même d'enregistrer toutes nos conversations par téléphone, preuves à l'appui…

Je pensais que les gens honnêtes et respectueux pouvaient se quitter en adultes, jamais je n'aurais envisagé un jour d'être dans une telle situation.

Ses dernières paroles, si violentes, résonnent encore en moi aujourd'hui.

Elle me souhaitera les yeux dans les yeux le pire qui puisse m'arriver en tant que malade... Elle qui, au final, ne fera pas honneur à sa profession d'infirmière verra, je l'espère un jour, le revers de la médaille.

Mais finalement ses mots, ses expressions, ne m'étonnent pas vraiment. Ils sont en réalité le résultat d'une immaturité, d'un manque de compréhension et de civisme qui la caractérisent si bien.

Une page se tourne difficilement.

Epuisé moralement, physiquement et financièrement, c'est spontanément aux côtés de mes parents, de ma sœur et de mon beau-frère que je trouverai tout de même la force d'avancer.

Cette force de me battre malgré tout.

Les jours passent et je prends l'habitude de me réveiller seul le matin, de descendre les escaliers sans vraiment d'énergie. Je prends l'habitude des repas solitaires.

Mais ce qui me donnera sans aucun doute le courage de me soigner sera la venue quotidienne de Jacqueline, mon infirmière, et de Julie, ma kinésithérapeute de l'époque, qui sauront toutes les deux trouver les mots pour me réconforter. Un pari difficile mais aujourd'hui remporté.

Je suis pendant cette période en traitement intraveineux et reçois la visite de l'infirmière trois fois par jour. Sa venue m'obligera à me lever, à me nourrir, à vivre tout simplement.

Cette fille m'a quitté alors que mon état de santé n'était pas réellement au beau fixe. Peu importe, je dois maintenant affronter cette réalité : me voilà donc plongé dans une nouvelle vie, celle de célibataire.

Dans les premiers temps, je décide de prendre soin de moi et prends la décision de retourner vivre chez mes parents cinq mois durant.

En réalité, je n'ai pas vraiment le choix, il ne me reste pas grand-chose de cette relation :

Je reviens chez mes parents avec moins de dix euros en poche. Ma situation financière est en effet catastrophique, et je n'ai d'autre choix que de rester avec eux.

Je me souviendrai toujours de cette première nuit à la maison. Difficile d'y revenir, après avoir goûté à l'indépendance pendant un an et demi.

Et puis il y a le regard des gens, des proches, de la famille, partagés entre étonnement et affection. Chacun essayera de me soutenir à sa manière, que ce soit par sa présence ou son amour. Je leur en serai toujours reconnaissant.

Ma première décision de célibataire sera de ne pas rester isolé, de m'ouvrir aux autres. C'est pourquoi je décide, une semaine seulement après notre séparation, de m'inscrire sur un célèbre site de rencontre.

Dans un premier temps, j'hésite à le faire, par peur sans doute du jugement de mes proches. Cela ne fait qu'une semaine qu'elle m'a quitté, ai-je bien raison de m'inscrire, est-ce réellement raisonnable ?

Je me pose mille fois la question et décide finalement de foncer. Personne n'est à ma place, personne ne vit ce que je vis à cette époque. Alors peu importe ce qu'on pourra dire.

C'est d'ailleurs grâce à travers ce site internet que je ferai la rencontre de celle qui partage aujourd'hui ma vie, ma priorité étant à présent de nous protéger et de préserver notre vie intime.

Pendant cette première semaine, je reçois de nombreux messages de soutien, de mes amis, de ma famille…

C'est au fil des jours que je m'aperçois qu'elle me manque. Son absence m'est difficilement supportable.

Se retrouver dans une telle situation, aussi violemment, n'est pas évident et c'est donc naturellement que je décide de contacter Sophie, ma psychologue depuis plus de trois ans maintenant.

Je ressens le besoin de parler, de m'exprimer, de me libérer de cette si grande souffrance…

La consultation est prévue sur Béthune quelques jours après mon appel :

« Coucou Geoffrey, alors raconte-moi :
tu gardes le moral ?
- Il le faut Sophie, je reprends le dessus.
- Mais tu as l'air d'aller plutôt bien, non ?
- Ah oui, je vais bien, mais j'ai juste besoin de parler ! »

Nous nous entretenons alors pendant une séance d'une heure. Nous discutons de cette relation, quand soudain Sophie m'interpelle :

« Attends, je t'arrête Geoffrey, tu as peur de ne pas retrouver une fille parce que tu es malade, c'est ça ?
- Oui, un peu... Mais tu sais Sophie, ce n'est pas évident à vivre...
- Eh bien, je te dis franchement que tu trouveras le bonheur comme tout le monde, j'en suis certaine. Tu es quelqu'un de tellement mûr qui à la tête sur les épaules. Je peux juste te dire que des Geoffrey, il n'en existe pas beaucoup. Très franchement tu peux être fier de ce que tu es devenu car tu as porté à bout de bras cette relation ! Et je te trouve métamorphosé aujourd'hui.
Je suis heureuse de te voir rayonnant.
Je pense que tu t'es tout simplement libéré de cette relation... »

Sophie est une psychologue jeune et dynamique qui, par son sourire et sa gentillesse, a su me faire oublier son métier.

Elle et moi avons toujours eu une relation complice. Inutile de dire qu'il nous arrive souvent de rire aux éclats pendant les séances.

La consultation s'achève à peine que déjà je retrouve une énergie que je n'avais pas eu depuis bien longtemps.

Un message de soutien me touchera lui aussi beaucoup, celui de mon amie Marion Game qui, le temps d'un appel, me redonnera le sourire et beaucoup d'énergie. Marion a le vrai don de communiquer sa joie de vivre…

La vie reprend doucement son rythme.

Je découvre, je rencontre, j'analyse et entame une nouvelle vie pleine de dynamisme.

Avec Nathalie, mon amie, je redécouvre le goût des sorties. C'est à Lille et Arras que nous réaliserons quelques virées. Nous aurons de grands moments de complicité.

Nous nous retrouverons au cours de quelques dîners organisés aux côtés de Jean-Michel et Brigitte, nos grands amis communs.

Nos soirées ne se termineront pas avant deux ou trois heures du matin, rythmées par un Tornero Italien…

Je pourrai aussi compter sur la présence et le soutien de Sandra.

Sandra est une amie musicienne de longue date. Cela fait maintenant plus de dix ans que nous nous connaissons, Sandra me touche particulièrement par son vécu, par sa délicatesse, et par son immense soutien dans mon combat, elle est l'une des rares personnes avec qui je pleure librement… J'ai un immense respect envers notre amitié, et je souhaitais sincèrement le lui dire à travers ces quelques lignes…

Mais ceux qui m'apporteront le plus de soutien sont sans aucun doute Angélique et Cédric qui m'inviteront à passer le week-end chez eux, histoire de me changer les idées. Je refuse dans un premier temps, car je préfère rester seul.

Après réflexion, je me dis que ma sœur et mon beau-frère sont sans aucun doute les mieux placés pour me conseiller, pour m'écouter et pour me soutenir dans cette épreuve si difficile pour moi.

Je passe donc un week-end entier chez eux, qui ne me sera que bénéfique. Je profite d'ailleurs de Linoa, ma petite filleule, qui, du haut de ses douze mois, jouera sans le savoir un rôle plus que déterminant dans la reconquête de ma vie. Son sourire et sa présence me donneront la plus belle des énergies.

Je me suis souvent demandé pourquoi tu étais partie. Et puis les jours, les semaines, les mois passant j'ai compris. J'ai enfin compris ta soudaine décision. Tu n'étais sans doute pas prête à partager ce que je vivais, peur de l'engagement…

Tu n'avais sans doute pas saisi à l'époque mon combat, mon énergie, mon amour…

Vivre avec une maladie n'est pas simple, mais la partager est encore plus difficile. Tu n'étais sans doute pas assez mûre pour cela…

L'amour et le soutien de mon entourage m'auront permis de vite t'oublier.

Mais je ne peux te cacher que j'étais fou de rage à l'idée d'être seul, fou de cette situation mais finalement, à ma plus grande surprise, j'étais bien. J'étais libéré, oui, totalement libéré.

Cela fait du bien de respirer, de profiter et d'admirer la vie.

La rage, cette rage dont tu n'as sans doute pas compris le sens, cette rage de vivre, cette rage d'amour, c'est ma vie, c'est mon combat.

Finalement, ce qui est le plus beau est sans aucun doute le plaisir de séduire, de partager, et d'échanger de nouvelles expériences.

Vivre la vie, c'est avant tout vivre sa vie. Aujourd'hui tu es partie de la mienne, tu m'as sans aucun doute offert le plus beau cadeau du monde.

La liberté, cette liberté d'être celui que je suis aujourd'hui, cet être heureux, combatif et jovial qui, face aux difficultés, n'a jamais baissé les bras et ne le fera jamais.

Conscient, trop conscient, que la vie est un combat de chaque instant. Notre séparation a été pour moi une épreuve, une mini épreuve au regard de celles que j'ai pu traverser jusqu'à aujourd'hui…

La vie est belle, et ce n'est pas un nuage qui éteindra le soleil qui est en moi.

Ton départ est avant tout une liberté, comme une liberté retrouvée. Je suis aujourd'hui, et grâce à cette rupture, le plus heureux du monde.

Je ne pouvais m'empêcher de t'écrire ces quelques lignes, juste pour te dire merci.

Merci d'être partie…

UNE JOURNEE PRESQUE « BANALE » !

L'un des premiers gestes quotidiens lorsque l'on est atteint de Mucoviscidose, est sans aucun doute celui de dégager les bronches chargées de mucus. Ce mucus visqueux et collant qui y a stagné toute la nuit.

L'objectif étant avant tout de les désencombrer au maximum. Je n'ai même pas besoin d'ouvrir les volets que déjà l'essoufflement matinal m'indique que le temps sera encore humide aujourd'hui. J'ai fait de mon essoufflement un infaillible baromètre.

Je me dirige donc vers le lavabo pour effectuer ce tout premier geste. J'allume ensuite la télévision pour regarder les premières informations de la journée.

Je suis un passionné des médias, et du journalisme en particulier. Après avoir pris la température de l'info, je me dirige dans la cuisine où m'attend mon bol de café au lait pour commencer la journée de manière dynamique.

Je prends une poignée de céréales et me verse un jus d'orange bien frais. Je suis rarement d'humeur bavarde lorsque je me lève, enfin cela dépend des jours.

Malgré l'énergie positive que je véhicule, certains me disent lunatique et susceptible. Je ne peux pas vraiment les contredire, je dirais plutôt que je suis rancunier avant tout.

Je suis quelqu'un de déterminé qui donne facilement sa confiance, mais une fois cette confiance rompue je me braque. Inutile alors de revenir vers moi. Ma maladie a probablement joué dans ce caractère, que j'assume complètement. Outre ce côté bourru, je suis quelqu'un de très déterminé, à l'écoute, et prêt à s'investir.

Le petit-déjeuner terminé, je dois effectuer une séance d'aérosolthérapie. Il s'agit d'un petit appareil qui m'envoie de la fumée au plus profond de mon système respiratoire. L'acte en lui-même dure à peine dix minutes.

Si je calcule bien, cela doit faire environ un peu plus de sept mille aérosols réalisés depuis la découverte de la maladie.

J'aime souvent calculer, cela m'amuse et me rappelle la dimension de mon combat. Si je pars sur une base de vingt ans de soins, cela représente donc plus précisément sept mille trois cent aérosols, quatre-vingt visites à l'hôpital. Mais ce qui est le plus impressionnant est sans aucun doute, le nombre de gélules qui frôle lui, les cent quarante-six mille.

Pendant l'aérosol donc, je profite de regarder l'ensemble de mes mails. Je suis aujourd'hui sans activité professionnelle, état de santé oblige ! Cela n'a cependant pas toujours été le cas. Il n'y a pas si longtemps encore, je réalisais des vidéos professionnelles pour divers événements : mariages, associations, comités... J'avais monté ma micro-entreprise en Juillet 2010. Mais à la suite de ma rupture sentimentale et avec une santé de plus en plus fragilisée, je me suis trouvé dans l'obligation de revoir ma situation professionnelle. Ma situation financière devient alors très délicate.

Je reprends mon indépendance après six mois passés chez les parents. Je vis donc seul avec comme unique ressource, une Allocation Adulte Handicapé. Il me faut alors vivre avec un budget de sept cent cinquante euros environ chaque mois.

Chacun peut concevoir qu'il est difficile, quand on déduit le loyer, l'électricité, l'eau, le téléphone et les autres charges, de se faire un minimum de petits plaisirs.

Je calculerai pendant près d'une année centime par centime. Je vivrai avec un budget extrêmement serré, et des découverts bancaires à répétition.

Je n'ai finalement d'autre choix que de réaliser, à mon plus grand regret, la cessation de mon activité professionnelle. Je ne peux en réalité couvrir les charges de ma société qui deviennent de plus en plus élevées.

Trois années d'investissement et de passion qui ne sont plus aujourd'hui qu'un simple souvenir mais qui restent tout de même, une très grande fierté pour moi.

Et les difficultés financières et administratives ne sont pas encore terminées à l'heure actuelle.

En effet, mon amie et moi-même envisageons un concubinage d'ici peu.

Un beau projet donc, mais qui a ses conséquences. Je me verrai en effet retirer cette Allocation Adulte Handicapé sous prétexte que mon amie gagnera suffisamment sa vie.

Une décision de l'Etat qui m'agace et qui me révolte violemment. Je trouve inadmissible que les personnes handicapées comme je le suis ne puissent pas garder leurs différents droits aux allocations lors d'un concubinage.

Il est déjà difficile de vivre avec une maladie comme la Mucoviscidose, mais il l'est d'autant plus, en tout cas pour moi, d'être dépendant financièrement de celle qui partage ma vie.

Au-delà du sentiment d'infériorité et de dénigrement personnel, il y a le regard des gens.

Je me pose donc la question suivante : Est-ce mieux d'être dépendant financièrement d'une personne qui finalement n'a pas le choix que de devoir subvenir seule aux charges du couple ? Ou alors, est-ce plus raisonnable de travailler au dépit de ma santé ?

Aujourd'hui je réponds haut et fort que je n'ai plus la santé pour travailler, et je n'ai plus la force de me justifier.

L'Etat, de gauche comme de droite, devrait revoir certains critères de sa politique. Ce n'est pas pour moi une question de parti politique mais plutôt celle d'une bien triste réalité qui semblerait révoltante à la plupart des gens qui seraient amenés à la vivre.

Je prends, comme chaque matin, une rapide douche. Après avoir préparé toutes mes affaires pour la journée, je me dirige maintenant au domicile de mes parents, à huit kilomètres de là où j'habite.

C'est là-bas, que j'avais décidé de loger mon entreprise. Dès mon arrivée en milieu de matinée, j'ai le droit au traditionnel sourire de ma mère, affairée derrière ses fourneaux :

« Comment vas-tu aujourd'hui ? Pas trop gêné par le brouillard ? »

Cette question est récurrente dans la famille. C'est une manière pour elle, de se rassurer sur mon état de santé. A peine le temps de papoter que je me dirige dans cette pièce qui fut la chambre de ma sœur, puis la mienne durant de nombreuses années.

Aujourd'hui, j'y ai installé mon bureau où je rédige les quelques pages de ce livre. J'y travaille à présent trois heures environ chaque jour. Comme à mon habitude, j'ouvre immédiatement ma boîte mail. Je consulte, je réponds, et me voici prêt à entamer la suite de l'un de mes chapitres. La matinée passe plutôt vite. C'est aux alentours de midi trente que mon père revient de l'usine. Durant le repas, nous discutons de tout et de rien. Mes parents me demandent souvent où en est l'avancement de mon livre. Ce à quoi je réponds:

« Vous verrez : soyez patients, ça marchera !
j'en suis certain. »

Le projet paraissait fou au départ. Mes parents n'imaginaient peut-être pas que je m'y investirai durant six ans. Au fil du temps, le livre prend forme et je décide d'en parler autour de moi.

Le temps passe et je m'aperçois qu'il y a une attente précise de mon entourage. Je suis peut-être le mieux placé pour parler de la Muco.

Alors, très vite, l'objectif est d'en faire un symbole d'Espoir.

Le dessert à peine avalé que mon ami Pascal, mon kinésithérapeute depuis plus de vingt ans, fait son entrée. Il vient six jours par semaine au domicile de mes parents pour une séance de kiné respiratoire.

A peine arrivé, qu'il s'installe à table pour boire sa traditionnelle tasse de café.

Pascal me suit depuis mes quatre ans, autant dire qu'il me connaît très bien.

Alors difficile d'effacer, du jour au lendemain, une certaine complicité : vingt années de sourires, de pleurs et de prises de tête parfois. Nous n'avons aucun tabou, et j'aime le taquiner de manière très personnelle.

Je me souviendrai toujours d'une certaine St Valentin, en 2009 me semble-t-il… :

« Tu sais Pascal, bon moi je dis ça je ne dis rien, mais dans un couple il faut mettre un peu de piment, tu vois ?
- Et ?
- Bin, j'ai pensé qu'il serait bien pour la St Valentin de faire une petite surprise à ta femme…
- Non mais ça ne va pas bien toi, tu vas souffler !
- Tu vois, je pense qu'il serait très judicieux de la jouer dentelle et champagne, un peu sensuel… Elles aiment toutes ça…
- Non mais je rêve, c'est toi qui va me donner des conseils (sourire aux lèvres)
-Moi tu sais je suis là pour t'écouter, te conseiller, après c'est toi qui mènes la danse (sourire charmeur), à chacun sa méthode !
-Allez c'est bon pour aujourd'hui, tu me gaves… »

Je pourrais en raconter bien d'autres encore, mais je ne peux pas tout dévoiler dans un chapitre, trop court sans doute. Pascal est un de mes plus fidèles soignants.

L'heure tourne, et je bois rapidement ma tasse de café au lait avec un petit chocolat.

Je me prépare à repartir à mon domicile puisque Jacqueline l'infirmière, doit passer. Je dois en effet débuter une nouvelle cure intraveineuse. Jacqueline est une personne rassurante et très à l'écoute de ses patients, et j'aurai l'occasion d'y revenir.

J'ai souvent droit à une arrivée haute en couleurs et à un *« Hello Geo ! »,* le sourire aux lèvres.

Rien n'est plus important que la complicité entre les soignants et le soigné.

La cure intraveineuse durera en réalité quatorze jours, à hauteur de trois passages quotidiens. Jacqueline et moi nous verrons donc quarante-deux fois au total.

Ces lourds traitements prescrits tous les deux ou trois mois permettent en fait de se sentir mieux et de limiter l'invasion de bactéries, de champignons présents dans les crachats. Je ressens souvent les bienfaits de la cure neuf ou dix jours après son administration.

Bien qu'efficace, elle reste tout de même très contraignante pour le malade.

Dans mon cas, j'ai recours à un système de perfusion en continu. Le traitement se présente sous la forme de biberons pour enfant. Le but est de remplir le biberon d'antibiotique via un système de pression.

Le biberon m'administre alors automatiquement le contenu sous vingt-quatre heures. Un autre, plus petit, écoule l'antibiotique en une demi-heure. Placé dans une pochette, ce système permet de me déplacer à tout moment de la journée sans interrompre le traitement.

Chaque jour Jacqueline me branchera cinq biberons au total. Soit un total de soixante-dix perfusions en quatorze jours. Fatigantes mais tellement efficaces dans mon cas, ces cures intraveineuses ne sont en aucun cas pour moi une contrainte.

Il est presque dix-sept heures quand Jacqueline me quitte. J'en profite immédiatement pour me mettre aux fourneaux, mon autre passion étant la cuisine.

Ce qui me plaît le plus dans la cuisine est le partage, le bonheur de voir chaque convive prendre plaisir à déguster.

Meringues, mousses au chocolat et baguettes font partie de mes réalisations favorites.

Je me dépêche car je n'ai qu'une petite heure devant moi avant que Bénédicte, ma copine, ne revienne du travail. Bénédicte est une fille douce et tellement sympathique.

Elle et moi nous sommes connus sur un célèbre site de rencontres en mai 2013. Nos premiers échanges ont été assez timides, mais notre complicité et notre bonne entente nous rapprocheront officiellement le 9 juin 2013, soit un mois après notre première rencontre.

Dès le départ, il était très important pour moi de lui expliquer les conséquences et les diverses étapes d'aggravation de la maladie. Mais aussi et surtout l'espoir énorme qu'est la greffe pulmonaire aujourd'hui.

Rien n'aura découragé la jeune femme timide qu'elle est.

Bénédicte représente aujourd'hui beaucoup plus qu'une simple copine pour moi. Elle est avant tout celle avec qui je souhaite partager de jolis moments. La fille avec qui je souhaite tout simplement vieillir en traversant ensemble les épreuves de la vie, main dans la main.

Notre histoire a plutôt douloureusement commencé, puisque quatre mois à peine après notre première rencontre, je me vois dans l'obligation de porter de l'oxygène.

Une nouvelle étape dans la maladie, comme un virage imprévu et terrible dont je parlerai plus tard. C'est peut-être d'ailleurs à ce moment précis que j'ai réalisé combien elle était une bonne copine. Combien je l'aimais.

Bénédicte est tout simplement la personne que je souhaite protéger. Elle est ce cadeau de la vie, ma force aujourd'hui.

Dans le fond, tout ce qu'un homme peut espérer dans la vie est de trouver l'amour.

Sa présence, sa discrétion et sa douceur sont pour moi le plus beau des soutiens face à mon combat.

Elle qui, par ses mots et par ses gestes, a su me comprendre et me rassurer, me rend aujourd'hui le plus heureux des hommes. Je n'imagine plus une journée sans sa présence, sans son soutien.

Je suis plus fort à ses côtés…

En réalité, Bénédicte a su prendre le relai de l'amour transmis par mes parents.

C'est elle, aujourd'hui, qui porte le flambeau.

S'il y a une chose qui n'est pas prêt de s'essouffler, c'est bien l'amour que j'ai pour elle. Comme je lui chuchote souvent à l'oreille avec le regard charmeur et délicat, elle est sans aucun doute aujourd'hui, ma plus belle des thérapies.

FEMMES JE VOUS AIME !

Tous ceux et toutes celles qui me connaissent vous diront combien j'aime charmer. J'aime être entouré de femmes en général, et je ne peux nier. Leur présence me rassure sûrement. La douceur de chacune d'elle m'apaise et me rend tout simplement heureux.

Mais rassurez-vous, je ne vous dévoilerai en aucun cas mes différentes histoires sentimentales à travers ce chapitre. Non, je pense plutôt vous présenter quelques femmes qui m'accompagnent au quotidien dans le combat que je mène. Des femmes qui, par leur présence, me donnent la plus belle des énergies !

Jacqueline l'infirmière !

Jacqueline et moi avons fait connaissance il y a bien longtemps maintenant. Je crois que cela remonte à Janvier 1996, si mes souvenirs sont bons. Je n'avais alors que sept ans à l'époque. Je m'en souviens comme si c'était hier. Nous devions pour la première fois commencer une cure antibiotique au domicile de mes parents.

Ce qui m'a le plus marqué dans ce premier échange est sans aucun doute cette douceur et cette assurance qu'elle a pu m'apporter lors de ce premier contact. Rien n'est plus important que de se sentir rassuré, surtout lorsque l'on est âgé de seulement sept ans.

C'était mission accomplie pour Jacqueline. Les traitements se multiplient, et ses visites se font alors de plus en plus régulières. C'est tout naturellement que naît une complicité, discrète et sincère, entre Jacqueline et moi.

Mes premières peurs, mes premiers chagrins, c'est à ses côtés que je les traverserai.

Ses mots, ses explications, sa présence et son professionnalisme me rassureront jusqu'à me faire oublier la maladie elle-même.

Je me souviens qu'à chaque fin de traitement, Jacqueline avait une petite attention pour moi. Ce petit geste personnel était tout simplement quelque chose de symbolique.

Un jouet, un crayon, une sortie au cinéma, Jacqueline pouvait alors lire la magie dans les yeux d'un enfant, finalement comme les autres.

Les années passent, et je grandis tout en étant le chouchou de cette femme discrète. A mon adolescence, c'est au restaurant qu'elle m'invitera à chaque fin de cure.

Un tête-à-tête très important, pour elle comme pour moi. Aujourd'hui nous avons des conversations d'adultes, avec toujours ce rapport soignant-soigné extrêmement fort.

Jacqueline sait m'écouter, me réconforter, me motiver, il n'est pas rare de tomber en larmes dans ses bras…

Naissent naturellement des petits rituels, comme par exemple la traditionnelle tasse de thé dégustée chaque midi, accompagnée de son petit bout de chocolat.

Jacqueline fait partie des rares personnes ayant assisté à mon évolution et soutenu mes ambitions personnelles.

Autant vous dire qu'elle me connaît quasiment par cœur ! Je pourrais raconter d'autres anecdotes, mais je pense que l'essentiel est dit à travers ces quelques lignes.

Je suis réellement fier de la compter parmi les gens qui me sont proches.

Car à mes yeux, Jacqueline est avant tout mon amie avant même d'être mon infirmière.

Géraldine, Marie-Prisca, Sylvie et les autres…

S'il y a bien un lieu où je suis très connu, c'est à la pharmacie. C'est là-bas que je vais me « ravitailler » en médicaments tous les mois. La mucoviscidose et le diabète m'obligent en effet à y passer régulièrement.

Comme je le dis souvent : inutile de changer une équipe qui gagne ! Cela fait donc plus d'une vingtaine d'années que je suis fidèle à la même pharmacie.

Je me souviens par exemple des nombreux dessins que j'y réalisais quand j'étais enfant, heureux de pouvoir les offrir à la gent féminine, un petit sourire aux lèvres.

C'est donc tout naturellement que je deviens très vite le petit protégé des pharmaciennes.

Les années passant, les épreuves aussi, je ressens de plus en plus le besoin de me confier.

Aujourd'hui, les choses n'ont quasiment pas changé et j'ai pour habitude de faire la bise à l'intégralité de l'équipe lors de mon arrivée.

J'ai souvent le droit à un petit :

« Ah, voilà notre Geoffrey ! », ce qui flatte tout de même mon ego.

Si je pars encore une fois sur une base de vingt ans de soins et si mes calculs sont exacts, on doit frôler les huit mille boîtes de médicaments prescrits.

Plus fou encore, si l'on considère que je passe environ une demi-heure dans la pharmacie à chaque renouvellement, on doit frôler cette fois un total de cent vingt heures, ce qui pourrait représenter cinq jours et cinq nuits au total.

Je dois tout de même être honnête et vous avouer que je suis un grand bavard, et que je ne viens pas uniquement pour le renouvellement de mon traitement.

Avec un immense plaisir, je fêterai par exemple ma réussite au baccalauréat en Juillet 2009 avec toute l'équipe de la pharmacie ou encore mes vingt ans autour d'une coupe de champagne servie dans l'arrière-boutique.

Des moments magiques donc, que je ne suis pas prêt d'oublier et qui, comme la présence de Jacqueline et la gentillesse de tous les soignants qui m'entourent, viennent donner une dimension humaine à cette maladie qui ne l'est pas !

Josiane et Philippe, mes parents et Linoa, ma filleule !

Bénédicte, ma plus belle des thérapies !

Capucine, ma fidèle compagne !

Petit resto entre garçons,
Philippe mon père & Cédric
mon beau frère !

Angélique (ma sœur) et Cédric

Moment de complicité avec
Linoa, ma filleule

Mes amis musiciens,
Fidèles à mon combat !

La musique, ma grande passion...

Petite escapade à Bruges…

Souvenir d'un été dans la Drôme !

Sur le plateau du 20h !

Aux côtés de PPDA…

En plein tournage…

A BOUT DE SOUFFLE !

Cela fait quelques mois que je me sens plus faible qu'à mon habitude. Monter un escalier devient de plus en plus difficile pour moi. Après de nombreuses réflexions et avec un immense regret, je me vois dans l'obligation de faire la cessation de mon activité de vidéaste et de donner ma démission à la Voix du Nord.

Ma santé étant de plus en plus fragile, je trouve qu'il est important de prendre de bonnes décisions et qu'il est sage de lever le pied. Mon projet d'écriture se réalise enfin. A l'heure où j'écris les dernières pages de ce livre, je suis très fatigué mais tellement heureux de pouvoir y mettre un terme. Un nouveau chapitre verra bientôt le jour.

Il n'était pas vraiment prévu au départ mais racontera une nouvelle étape de ma vie, un nouveau virage pour la maladie, signe de son aggravation.

Nous sommes donc en mi-septembre 2013. Le temps est de plus en plus humide dehors.

Difficile pour moi de ne pas attraper froid avec le brouillard de plus en plus présent. Je ne suis pas vraiment en forme et je trouve même que cela devient de plus en plus gênant.

Je consulte tout d'abord mon médecin traitant qui me prescrit des antibiotiques, qui n'auront finalement pas grand effet, je dois avouer.

Mais je ne m'inquiète pas trop, mon bilan annuel étant programmé quelques jours plus tard au CHRU de Lille. Mais rien, vraiment rien, ne se passera comme prévu.

A mon arrivée je suis essoufflé, terriblement essoufflé, comme jamais je ne l'avais été auparavant. La distance entre la voiture et le service de l'hôpital de jour me semble interminable. Je m'arrêterai quatre fois au total pour parcourir moins de deux cents mètres.

Le tout premier réflexe de l'équipe médicale est de prendre ma saturation en oxygène.

Premier examen, premier résultat : je suis en forte désaturation, je manque d'oxygène. Il m'est alors quasiment impossible de prononcer une phrase complète sans être essoufflé à ce moment-là.

L'infirmière appelle immédiatement le médecin qui, au vu de mes résultats, décide de me mettre sous oxygène sans me demander mon avis.

A peine ai-je eu le temps de réaliser que je suis déjà soulagé de retrouver une respiration quasi normale. Jusque-là rien de trop alarmant donc.

Mais j'étais loin, très loin de m'imaginer que cette solution d'oxygénation était une nouvelle étape obligatoire, un nouveau virage dans mon combat de tous les jours.

En plus de ma trentaine de cachets, de mes séances d'aérosol et de kiné, de drainage personnel et de ma pompe à insuline que je porte en continu, je vais devoir m'adapter et m'habituer à la présence de l'oxygène vingt-quatre heures sur vingt-quatre.

Difficile à ce moment-là, très difficile, de ne pas baisser les bras. Dans un premier temps, Bénédicte me fait part de son souhait de repartir chez ses parents le temps d'une soirée. J'accepte après un long moment d'hésitation. Cette nouvelle étape est difficile pour moi, mais elle est tout aussi violente à vivre pour elle.

Il est important pour moi de préserver mon couple, et de prendre du recul quant à ce qui nous arrive.

De mon côté, je souhaite que mes parents passent la nuit chez moi, pour m'accompagner dans cette nouvelle étape difficile. Je suis en pleurs ce premier soir, découragé et tellement affaibli par ce qui m'arrive. Je ne sais même plus quoi penser, tout se bouscule dans ma tête. Pourquoi maintenant ? Et surtout pourquoi moi ?

Les premiers jours seront à mes yeux les plus durs à vivre. Difficile de se voir maintenant dépendant de mes proches.

Les jours passent et se ressemblent presque. Il faut tout d'abord apprendre à se déplacer dans la maison lié à un câble de quinze mètres environ, relié à la bonbonne d'oxygène.

Quelques coups de fils de ma sœur et quelques sms de mon beau-frère, de mes beaux-parents, me donneront la plus belle des forces et me permettront de me relever, doucement mais sûrement.

Ce qui est le plus dur pour moi à ce moment-là est d'être, à mon plus grand regret, de plus en plus dépendant.

Difficile, quand on est insuffisant respiratoire, de faire les courses seul, de porter des charges lourdes, de laver une maison, en un mot vivre normalement. Mais ce qui est le frustrant pour moi est de ne plus pouvoir courir après ma filleule, de ne plus pouvoir m'amuser avec elle. Je suis un parrain, mais un parrain différent à présent. C'est cet aspect précis de la maladie qui est le plus difficile pour moi. Je suis peiné à l'idée de ne plus pouvoir m'occuper de cette petite fille comme auparavant, de ne plus la porter, de ne plus profiter tout simplement…

Une autre étape tout aussi difficile pour moi est de découvrir mon reflet dans le miroir et apercevoir ce malade affaibli. Je réalise à cet instant précis toute l'invalidité de la maladie dont je suis atteint. La maladie est maintenant visible.

Mes premières sorties publiques seront difficiles à vivre. Peur du regard des gens, peur de leur jugement, sans doute.

Mais, c'est avec l'immense soutien de Bénédicte que je trouverai la force de les affronter. Main dans la main, nous traversons cette épreuve avec beaucoup de courage. Notre couple est alors soudé plus que jamais.

C'est elle qui trouvera les mots pour m'encourager et me prouver que, finalement, rien n'est plus important que ma santé et mon bien-être, au-delà de l'image négative renvoyée par ce tuyau d'oxygène :

« Je sors avec mon copain, pas avec mon malade. Ce n'est pas un tuyau qui changera l'amour que j'ai pour toi, je t'aime tout simplement. Et je suis vraiment très fière de toi ! »

Ensemble, nous irons au cinéma, ferons les magasins, irons-nous promener comme n'importe quel couple pourrait le faire.

Avec le temps, nous apprenons à adapter notre quotidien. Les premières difficultés se font aussitôt ressentir.

Nous avions en effet programmé une nuit dans un château quelque part en Picardie, une mission quasi-impossible, surtout lorsque l'on sait que je dois toujours garder cet oxygène, y compris la nuit. Mais comme je le dis souvent : à chaque problème, sa solution.

Nous organiserons donc notre séjour avec l'aide du prestataire qui nous livrera tout spécialement un concentrateur d'oxygène pour l'occasion.

Au-delà du quotidien qu'il faut gérer différemment, il y a le regard des gens qu'il faut accepter. Je ne pourrai jamais oublier une vieille dame qui un jour, alors que je n'avais pas encore d'oxygène et que je me garais sur une place handicapée comme j'en avais le droit déjà à l'époque, m'a violemment répliqué :

« *Vous devriez avoir honte jeune homme, de vous garer sur une place handicapée. Vous êtes jeune, vous ! Il n'y a vraiment plus aucun respect !* »

Aujourd'hui, j'ai juste envie de lui répondre que non, je n'ai pas honte, car je ne faisais qu'appliquer un droit qui me revenait.

Je n'attends à présent qu'une chose : la recroiser et lui dire, les yeux dans les yeux, que cette fois, je suis un « vrai » handicapé au regard des autres, porteur d'une maladie qui aujourd'hui se voit, mais qu'à la différence de la dernière fois, je n'ai pas pris une ride.

En réalité, cette solution d'oxygénation à long terme était inévitable dans mon cas, que je le veuille ou non.

Elle me permet d'abord, de préserver mes vieux poumons qui s'épuisent davantage chaque jour.

Mais elle m'a surtout fait prendre conscience à ce moment-là combien Bénédicte était une bonne copine, et combien notre couple était fort.

Combien je l'aime, tout simplement.

C'est elle qui, finalement, est aujourd'hui « ma bouffée d'oxygène ».

Je suis peut-être à bout de souffle, mais qu'on se le dise rien, non rien, ne pourra éteindre l'énergie et la volonté qui m'habitent.

Les derniers temps ont vraiment été difficiles, et j'achève mon livre avec énormément de fatigue et de fierté.

Mais je garde espoir d'une vie meilleure, d'une vie où je pourrai courir, monter un escalier, faire mes courses seul, être finalement indépendant comme je l'ai toujours été.

Mais cette vie pleine de projets et d'énergie n'est pas encore arrivée. L'attente est longue, très longue, mais il faut savoir être patient.

On m'a souvent dit que la patience finirait par payer alors oui, clairement, je serai patient.

Je m'endors chaque soir aux côtés de ma copine en pensant à cette greffe et à cet immense espoir que je porte en elle.

Je pense que ce jour-là je revivrai enfin car aujourd'hui, que l'on en prenne conscience : je ne vis plus, je survis !

LA LOI DES 27 !

Dans une vie, il y a des dates que l'on ne peut pas oublier. Il y a parfois des événements qui marquent plus que d'autres, par leur fait, leur intensité, leur déroulement.

Chez moi, ce ne sont pas tant les faits qui me marquent, mais bel et bien deux chiffres spécifiques qui me suivent depuis ma tendre enfance. Je n'ai jamais vraiment été doué pour les mathématiques : normal je suis un littéraire. Les chiffres ne me plaisaient pas beaucoup pendant ma scolarité. J'avoue quand même qu'avec le temps, les mathématiques me rattrapent. Je calcule souvent le nombre d'aérosols depuis la découverte de la maladie, le nombre de gélules, séances de kiné, cures antibiotiques, enfin je m'arrête là, bref tout ce qui peut rappeler que mon combat est grand !

Assez parlé, place maintenant à la démonstration, inutile de faire durer le suspens plus longtemps : lisez le titre de ce chapitre et vous comprendrez pourquoi il m'était important de vous présenter ce que j'appelle chez moi « la loi des 27 ».

2/7/1983

Le soleil brille en ce jour si spécial. Les invités ont mis leurs plus belles toilettes pour l'occasion, et mes parents sont dans l'objectif de tous les appareils photos. Leur mariage sera à leur image : simple et délicat. Ils se disent oui, qu'importent les épreuves de la vie, fidèles et complices, ils le sont encore aujourd'hui.

Jamais mes parents n'ont baissé les bras face à la maladie dont je suis atteint. Leur couple a résisté et résistera encore longtemps à cette immense tempête. Ils sont un exemple pour moi. Un exemple pour tous, d'amour, de force et de courage.
Ils se marièrent donc le 2/7/1983 et marquent ainsi le début d'une grande série, appellée la loi des 27 !

27 Mars 1993 :

Me voilà déjà plongé dans le combat contre la Mucoviscidose. Du haut de mes quatre ans, je suis hospitalisé pour subir ma première intervention chirurgicale, ce sera une invagination intestinale aigüe, avec pour seule conséquence un enchainement d'anomalies typiques de la mucoviscidose.

27 Juillet 1993 :

Quatre mois à peine se sont écoulés entre mon invagination intestinale et ce coup de téléphone dont je ne suis pas prêt d'oublier la sonnerie. C'est effectivement le 27 Juillet 1993, que les médecins diagnostiquent officiellement ma Mucoviscidose.

27 Avril 2003

Ma sœur Angélique et mon beau-frère Cédric se sont rencontrés eux aussi un 27. Je me souviens de ces premiers temps passés aux côtés de Cédric. Difficile pour moi de partager mon unique sœur ; c'était comme un déchirement de petit garçon. Les années passent et notre relation s'améliore.

De leur amour je serai le témoin discret d'un mariage six ans plus tard, et le parrain comblé d'un être cher, Linoa. J'écris ce passage avec émotion, car je prends conscience de ce que nous avons traversé jusqu'à aujourd'hui. Du bonheur, de la tendresse, des joies, des pleurs, des difficultés de la vie…

D'Angélique et Cédric, je ne peux finalement pas dire grand-chose, si ce n'est peut-être le plus important : la reconnaissance d'un amour profond, d'un soutien inégalé dans toutes les étapes importantes de ma vie. C'est aussi çà la mucoviscidose, la force d'une fraternité tout simplement !

27 Août 2011

De grandes moustaches, de jolies petites pattes, et un caractère bien « trempé », étonnant pour un chat. Capucine, une boule de poils adorable, une compagne fidèle, un amour de chat. « Ronrons » et « léchouilles » comme marques de fabrique...

J'ai peut-être oublié de vous dire le principal, sa date de naissance ? Le 27 Août 2011, évidemment...

27 Septembre 2013

Je dois maintenant m'habituer au port de lunettes à oxygène vingt-quatre heures sur vingt-quatre, sept jours sur sept.
Deux litres d'oxygène en continu pour aider mes vieux poumons à oxygéner mon corps fatigué...
Calculons ensemble, deux litres d'oxygène par minute, cela représente donc cent vingt litres par

heure, deux mille huit cent quatre-vingt litres pour une journée...
Pour un total de dix mois, trois cents jours, et donc un résultat final de huit mille six cent soixante-quatre mille litres (864 000 Litres)...

Bon arrêtons là, force est de constater tout simplement qu'aujourd'hui, je ne manque pas d'air !

LETTRE A LINOA

Tu es entrée dans ma vie le 10 Janvier 2012. Cela faisait longtemps oui, très longtemps que j'attendais ce moment. Et puis à force de courage et de détermination, tu as enfin pointé le bout de ton nez, un soir de Janvier…

Ta venue a sonné comme l'une des étapes les plus importantes de ma vie.

Un nouveau rôle que je n'avais pas encore l'honneur de porter m'est alors attribué, celui de parrain.

Ce rôle que j'attendais tant arrive enfin, et je le porte au plus profond de mon cœur pour te faire vivre le meilleur…

On dit souvent que les paroles s'envolent et que seuls les écrits restent. Que ce livre te suive dans tous tes projets, dans toutes tes envies…

Ne t'arrête jamais aux obstacles de la vie, et ne regrette rien. Qu'importe le regard des gens.

Que cette énergie et cette niaque que je véhicule à travers ce témoignage te suivent le plus longtemps possible.

Tu es et tu resteras le plus beau cadeau de ma vie.

Alors aujourd'hui, j'ai juste envie de te dire Merci.

Merci pour ton sourire, pour ton énergie, ta délicatesse et ton innocence. Je t'aime et t'aimerai tout au long de ma vie.

Je suis certain qu'ensemble nous parcourrons le plus long chemin possible, je t'en fais symboliquement la promesse aujourd'hui...

Qu'importent les difficultés que m'imposera la maladie, je me battrai les poings serrés à tes côtés. Tu respires sans même y penser, alors que moi je ne pense qu'à respirer. C'est ce qui, dans le fond, nous différencie peut-être le plus.

Tes premiers pas, tes premiers sourires, tes premières mimiques je ne les oublierai jamais.

De jour en jour, de semaine en semaine, je te vois grandir et me vois m'affaiblir peu à peu sous le poids de la maladie.

Ensemble, nous avons déjà réalisé notre première Virade. Tu as participé à la lutte contre la maladie dont je suis atteint à ta manière, inconsciemment.

Il ne doit te rester que quelques images de cette journée. Tu n'avais alors que quelques mois mais ta présence ce jour-là était tout simplement magique à mes yeux, merveilleuse même, car elle était pleine d'énergie en un mot : symbolique.

C'était une réelle fierté que de te voir à mes côtés pour cette journée de solidarité.

Finalement, je crois que tu es simplement le plus beau cadeau que je pouvais espérer.
Tu es comme la petite étoile lumineuse de mon combat. Le prénom Linoa, ne signifie-t-il pas lumière de la Terre en Haïtien?

Alors inutile de te dire combien je suis déterminé dans cette lutte contre la maladie.

Aujourd'hui, je me bats pour toi, pour tes parents, pour tes grands-parents, pour tous ceux qui m'aident au quotidien à vaincre la mucoviscidose. Pour que plus jamais elle ne fasse dégâts…

Ma plus belle des récompenses serait que ce livre puisse remettre en question toutes ces personnes inconscientes, en bonne santé, et dieu sait qu'elles sont nombreuses…

Dites-vous que vous avez là l'essentiel pour profiter de la vie : vous avez entre vos mains la plus grande richesse de l'Homme… Elle est unique et précieuse…

A toutes celles et tous ceux qui luttent au quotidien contre la maladie, je n'ai qu'une phrase à vous dire :

« Tant qu'il y a de la vie, il y a de l'espoir »,

Ne baissez jamais les bras, battez-vous les poings serrés. Rien n'est plus important que d'y croire toujours et encore.

Finalement, je pense que la maladie est tout simplement le plus beau cadeau que je pouvais espérer. Elle m'a souvent montré le bon côté des choses et me pousse à écrire ce livre.

Car c'est avant tout pour moi un cri de colère, un cri de victoire, un symbole d'espoir.

J'espère vous avoir apporté à travers ce livre une nouvelle vision de la vie.

Comme le chantait si bien Jean Ferrat, C'est beau la vie...

« Pouvoir encore te parler, pouvoir encore t'embrasser, te le dire et le chanter, oui c'est beau, c'est beau la vieeeeeeeeeeeeeeeeeeee... »

De mes accords de musiciens, je compose chaque jour un peu plus sur ce piano ma mélodie du bonheur.

Chez moi, elle se compose de petits rien, de petits instants magiques qui en font toute son originalité.

Je n'attends finalement qu'une chose de la vie, la découvrir, la redécouvrir, la vivre...

Sur mon porte-clés fétiche est inscrit une phrase qui à elle seule pourrait bien résumer mon unique pensée…

« La vie est un défi à relever, un bonheur à mériter, une aventure à tenter ! »

Ne perdez plus de temps et embrassez-vous, regardez-vous et dites-vous « je t'aime ».

Il suffit parfois d'un geste, d'un regard, d'une complicité pour apprécier, apprécier la beauté de la vie.

Si un jour les épreuves vous semblent insurmontables, alors relisez ce témoignage et vous comprendrez peut-être combien, ô oui combien la vie est belle…

A Blanche, Ma grand-mère.

MON PARCOURS

•**1999** : Témoignage France3 Nord Pas de Calais

•**2006** : Témoignage JT de 13h – Tf1

•**2007 :** Invitation à la Garden Party du Palais de l'Elysée, Paris

•**2008** : Témoignage M6 – Les 6'Minutes

Témoignage France3 Nord Pas de Calais

• **2009** : Témoignage Wéo

Intervention Ecole d'infirmière de Lens (Pas de Calais)

Intervention Ecole d'infirmière de Béthune (Pas de Calais)

Obtention du baccalauréat Série Littéraire, Spécialité Cinéma- Audiovisuel

Stagiaire à Tf1 Lille, journaux de 13 et 20h

• **2010** : Témoignage magazine
« Profession Pharmacien »

Création d'une micro-entreprise, spécialisée dans la prise de vue évènementielle

• **2012 :** Interview aux côtés de
Marion Game et Gérard Hernandez
Studio Plaine St Denis

Témoignage France Bleu Nord

•**2013** : Témoignage France3 Nord Pas de Calais
(avec le Pr Benoit Wallaert)

•**2014 :** Greffe Bi-Pulmonaire,
Hôpital Foch de Suresnes (92)

•**2015 :** Création de Youpaland, micro-société spécialisée dans l'habillement des bébés de 0 à 36 mois.

REMERCIEMENTS

Linoa
Ma filleule, mon plus beau cadeau, ma force…

Josiane & Philippe
Mes parents dont je suis très fier… Fier de leur combat, de leur amour… de leur personnalité…

Angélique & Cédric
Ma sœur et mon beau-frère, pour leur amour et leur présence dans toutes les difficultés rencontrées…

Bénédicte
Pour son amour, sa douceur, sa présence dans ma vie…

Sandra & Jean-Louis
Mes amis proches…

Marion Game
Pour cette amitié si importante, son soutien et cette préface si symbolique à mes yeux…

Jacqueline & Pascal
Mon adorable infirmière et mon kinésithérapeute. Pour leur immense soutien dans mon combat…

A tous mes amis…
A tous les bénévoles, A tous les soignants…

A toi que je ne connais pas, mais qui m'a fait le plus beau don de la vie… Mon donneur !

INDEX

Dépôt légal : septembre 2014
COPYMEDIA
Achevé d'imprimer
en septembre 2014 par
www.copy-media.net
CS 20023 - 33693 MÉRIGNAC CEDEX
IMPRIM'VERT®